아파서 시골에 왔습니다

아파서 시골에 왔습니다

초판	2026년 1월 15일
지은이	안효원
편집	김태현
디자인	위밍
인쇄	한결그래픽스
펴낸이	윤혜린
펴낸곳	㈜도서출판 밤나무
출판등록	2022년 2월 8일 제2022-000002호(도서출판 밤나무)
주소	경기도 포천시 관인면 창동로 1128-104
전화	031-533-9717
이메일	yhr223@naver.com
인스타그램	@writer.yun_camellia

ISBN 979-11-990568-3-1 03810

ⓒ 안효원 2026

* 이 도서는 (재)포천문화관광재단 2025년 「모든예술31」 선정작입니다.

아파서

시골에
왔습니다

전직 기자의 유쾌발랄 농부 도전기

이제는 느리게
재밌게 나답게
살고 싶다.

안효원 에세이

밤나무

목차

2부 반딧불

소소한 즐거움, 풍성한 삶 - 신춘열 책방소풍 대표

복사꽃 당신 - 윤혜린 『엄마의 책장』 저자

기대어 있어도 좋습니다

『아파서 시골에 왔습니다』의 마지막 장을 덮고 나면 지금 내 눈 앞에 펼쳐진 모든 풍경이 내가 짊어져야 할 짐이 아니라, 사실은 내 삶을 지탱해주는 기둥이었음을 깨닫게 됩니다. 이 책은 억지로 위로하려 들지 않습니다. 그저 자신의 이야기를 천천히 풀어내며, 때로는 민망하고 부끄러운 장면조차 가감 없이 보여줄 뿐이지요.

안효원 작가의 문장들은 그래서 좋습니다. 자신의 초라한 민낯도 감추지 않고, 삶이 한없이 작아졌던 날들도 회피하지 않습니다. 그 솔직함 덕분에 그의 글을 읽는 이들 또한 자기 삶을 조용히 끌어안게 됩니다.

행여 이 책을 단순한 에세이나 귀농 일기 정도로만 생각한다면 너무나 중요한 삶의 메시지를 놓치게 될지도 모릅니다. 이 책은 삶이 뜻대로 흘러가지 않을 때, 어떻게 살아야 할지 헷갈릴 때, 마음이 무너졌을 때, 세상에서 나의 쓸모가 사라진 것만 같을 때 어떻게 용기 내어 한 발자국 내디딜 수 있는지를 한 사람의 삶을 통해 보여줍니다.

이 책은 우리가 어렴풋이 알고 있으면서도 마음 깊숙이 새겨두지 못했던 문장들을 대신 써줍니다.

"망가지면 다시 고치면 되니까."

"나에게는 부족한 실력도 있지만 그것을 만회할 시간도 있다."

"수많은 상처를 얻고, 수많은 상처를 내면서, 그리고 상처가 아물고 또 상처를 아물게 하면서 지금처럼 단단해지지 않았을까?"

"한 번의 실수, 실패로 인생이 망하지 않는다."

"실패가 두려워 넓은 세상으로 나아가기를 두려워하지 않을 것이다."

"백로의 걸음걸이와 속도를 맞춘다."

어쩌면 우리 모두 논 한쪽 구석에 던져진 우렁이처럼 살아가고 있는지도 모릅니다. 자신이 왜 이곳에 오게 되었는지, 무엇을 해야 하는지도 모르는 채 어리둥절한 마음으로 살아가는 하루하루. 그럴 때 이 책은 조용히 다가와 속삭입니다.

"처음엔 갑작스럽게 느껴질 수 있지만, 그곳에서도 당신이 마주해야 할 풍경이 있습니다. 의미를 발견하고, 행복을 느끼게 하는 작은 조각들을 하나둘 모으세요."

　지금 당장 거창한 무언가를 이루어내지 않아도 괜찮습니다. 완전히 회복되지 않아도 괜찮습니다. 그저 흙으로 잘 덮고 잘 자라라 토닥토닥 북주기해주듯 다시 일어날 힘이 생길 때까지 잠시 이 책에 기대어 있어도 좋습니다.

- 박한평(『감정 기복이 심한 편입니다만』 저자)

중학생 시절, 토요일이면 집에 걸어오곤 했다. 버스는 12시에 출발하는데 종례가 항상 11시 58분에 끝났다. 55분부터 가방을 한 손에 들고 몸에 부릉부릉 시동을 걸었다. 선생님은 주말에 약속도 없는지 항상 느긋했다. 선생님이 교실 문턱을 넘자마자 총알처럼 정류장을 향해 내달렸다. 정류장에는 매연 방귀만 남아 있고, 버스는 약 올리듯 엉덩이를 흔들며 저만치 가고 있다. 또 실패다.

요즘 같다면야 선생님에게 빨리 좀 끝내달라고 말할 수 있겠지만, 그때는 때리면 때리는 대로 맞던 시절이었다. 학부모가 전화로 항의할 수도 있었지만, 감히 교사에게 어떤 요구도 할 수 없던 때였다. 선배에게 맞는 것도 당연한 일이었다. 친구 하나가 가출했다고 동네 친구들이 산으로 끌려가 선배들에게 세 시간 동안 얻어맞기도 했다. 몹시 무섭고 아팠지만, 잘못된 일이라고는 생각조차 못 했다.

버스를 놓치면 잠시 고민했다. 걸어갈까? 아니면 다음 차를 타고 갈까? 답은 이미 정해져 있었다. 어차피 시내에 있어봤자 돈이 없어 갈 데도 없고, 길 잃은 양처럼 뱅뱅 돌기나 할 테지.

그때는 큰길에 차도 별로 없었다. 비포장 길을 갈지자로 활보해도 문제가 되지 않았다. 멀리서 차가 오면 손을 들어 히치하이킹을 했다. 낯선 이의 차를 타는 것은 위험이 아니라 행운이었다.

행운이 따르지 않으면 집까지 그냥 걸어와야 했다. 그러면 2시에 출발한 버스를 타고 온 아이들이 먼저 마을에 도착했다. 무슨 버스가 두 시간에 한 대냐 싶겠지만, 지금도 두 시간에 한 대다. 그때는 버스에 승객이라도 가득했지, 지금은 이용하는 사람도 거의 없다. 그나마 그 버스마저 사라지면 혼자 사는 할아버지, 할머니는 동네 밖으로 나갈 방법이 없다.

버스는 그대로인데 사람은 많이 줄었다. 내가 중학교에 다닐 때는 한 학년이 백 명이었다. 하지만 30여 년이 지난 지금은 열 명도 채 되지 않는다. 우리 면에서 태어나는 아기들이 한 해에 두세 명 남짓이고 심지어 0명일 때도 있다. 어른들이라도 오래 살면 좋으련만 계절이 바뀔 때마다 장례가 끊이지 않는다. 동네마다 빈집이 가득하고 사람 소리는 점점 줄어든다. 밭이었던 땅은 주인을 잃고 풀만 무성하다.

아파서 시골에 내려왔을 때 커다란 환대를 받았다. 어릴 적부터 알던 사람들이라 그렇기도 했지만, 요즘 농촌에서는 출생신고서에 잉크도 안 말랐다고 취급받는 '서른의 아기'가 생겨서였다. 몸이 성치 않았던 탓에 처음에는 아무것도 시키지 않았고, 마음만 먹으면 뭐든지 할 수 있었다. 이곳에서 나는 n분의 1이 아니라 온전한 하나가 되었다. 사람 귀한 곳에 살다 보니 귀한 사람이 되었다.

누구나 이야기

농사일을 하다 보면 강제로 묵언수행을 할 때가 있다. 보통 음악이나 강의, 방송을 들으며 일하는데, 같이 일하는 사람이 있으면 행여 내게 무슨 말을 할까 봐 귀를 열어둔다. 처음에는 어떤 일을 할지에 대한 계획과 그날 하고 싶은 이야기를 서로 나눈다. 그러다 새로운 이야깃거리가 떨어지면 지난주에 있었던 일부터 수십 년 전 이야기까지 감자 뽑듯 줄줄이 달려 나온다.

누웠던 해가 벌떡 일어나면 밤새 충전했던 기운이 조금씩 떨어진다. 똑같은 출발선에서 동시에 시작했더라도 사람마다 속도가 달라 점차 일하는 위치가 달라진다. 침묵의 시간이 찾아온 것이다. 몇 시간 전부터 같은 일을 해왔기 때문에 몸은 어느덧 자율주행을 하고 있어 두뇌의 명령을 따를 필요가 없다. 이때부터 생각이 날개를 펼친다. 몸은 여기 땅에 있지만, 상상은 아주 먼 곳까지 날아간다.

어제 만난 책의 문장을 천천히 곱씹어보고, 최근 있었던 좋은 일을 떠올리며 미소 짓는다. 또 감자를 손에 들고는 이게 골프공인 양 홀인원을 상상해보기도 한다. 항상 좋은 생각만 하는 것은 아니다. 아내와 싸우고 화해하지 않았거나 사람들과의 갈등이 현재진행형이라면 생지옥이 펼쳐진다. 같은 등장인물을 가지고도 드라마, 스릴러, 호러 등 다양한 시나리오를 쓸수 있다.

글 쓰는 나에게 생각할 시간이 많다는 점, 즉 글을 구성하고 좋은 문장을 찾을 시간이 충분하다는 점은 축복이다. 하지만 시골의 삶이란 하나부터 열까지 농부와 집주인의 손길을 기다리는 일투성이라, 머릿속으로 생각만 하고 그것을 글로 꺼내지 못하는 것은 저주다(이 저주에 걸려 머리가 빠지고 있다). 농부로서 종일 땀 흘리고 가장의 역할을 다하면 집중력은 아침 안개처럼 어느덧 사라져버린다.

묵언수행의 효과가 아주 없지는 않다. 나는 남들에 비해 타인의 말을 조금 더 잘 듣는 편이다(여보, '편'이라고 했다!). 말을 잘 듣는다는 것의 전제는 누군가 말을 한다는 것인데, 나는 남녀노소 가리지 않고 대화를 잘 나누는 '편'이다. 여럿이 있을 때는 한마디도 안 하던 사람도 나와 단둘이 있으면 〈인간극장〉을 찍듯이 자기 이야기를 하나둘 꺼내놓는다.

시골에 내려와 다양한 사람을 만났다. 특별히 잘난 이는 없어도 다들 저마다의 몫을 충분히 해가며 살아가는 보통의 사람들이다. 그들과 대화하다 보면 누구나 좋은 이야기, 자신을 주인공으로 하는 책 한 권쯤은 가슴에 품고 살아간다는 사실을 깨닫는다. 귀 기울여 듣다 보면 어느 순간 '아!' 하고 낮은 탄성을 내지르게 하는 대목이 꼭 나온다. 언젠가 어머니가 말했다. "너희 할머니 인생은 대하소설이야. 내 이야기도 삼부작은 될걸?"

누구나 이야기가 있다면, 누구나 쓸 수도 있을 것이다. 『아파서 시골에 왔습니다』는 n분의 1의 사람이 단 하나의 존재가 되어가는 첫 번째(no. 1) 이야기다. 장담컨대 이 책을 다 읽는 데 그리 긴 시간이 필요하지 않을 것이다. 시종일관 킥킥대며 웃다가 못해도 세 번은 배를 잡고 나뒹굴 수도 있다. 만약 그렇지 않다면? 적어도 '이 정도는 나도 쓰겠다' 하는 자신감을 얻게 될 테니 이 얼마나 큰 성과인가!

부디 나의 이야기에서 당신의 이야기를 만날 수 있기를!

1부

우렁이

1
아프니까 귀촌이다

　태풍이 지나가면 논으로 달려간다. 물은 얼마나 찼는지, 벼는 안녕한지 확인하고, 우렁이를 제자리로 돌려보내기 위해서다. 논에 뭐 먹을 게 있나 싶겠지만, 우렁이는 물속에 있는 길쭉한 풀을 잘 먹는다. 그래서 매년 모내기가 끝나면 우렁이 몇 상자를 사서 논에 넣는다. 행동이 굼뜬 녀석들이라 한데 몰려서 치열한 경쟁을 펼치다 굶어 죽을까 봐 최대한 골고루 뿌린다.

　비가 많이 오기 전에는 물꼬마다 고기 굽는 석쇠를 올려놓는다. 우렁이들이 불어난 물을 주체 못 하고 논 밖으로 떠내려가기 일쑤이기 때문이다. 120만 평 냉정리 벌판에서 한꺼번에 물이 쏟아지는 퇴수로에 빠지면 순식간에 한탄강행이다. 무슨 워터 슬라이드도 아니고, 그 빠른 물살을 우렁이가 좋아할 리 없다. 벼를 베기 전까지는 이 앙증맞은 일꾼을 보낼 수 없다.

석쇠에 걸려 물꼬에 몰려 있는 우렁이를 한 움큼 손에 쥐고는 있는 힘껏 던진다. 허공을 훨훨 날아 논 구석구석 후드득 떨어지는 작은 생명들을 보노라면 궁금해진다. '쟤네들은 자신들의 순간이동을 이해할까?' 그러다 문득 내가 우렁이가 된 기분이 들었다. '나는 왜 지금 여기에 있는 거지? 여기서 왜 말 못하는 저들과 대화를 나누고 있을까?' 나는 한 번도 시골에 내려와 농사지을 생각을 하지 않았기 때문이다.

내가 나고 자란 곳은 경기도 포천시 최북단에 있는 작은 마을이다. 관인면에서도 외곽이라 초등학교(당시는 국민학교) 6년간 문명의 이기라고는 거의 경험하지 못했다. 학교가 끝나면 산에서 놀다가 개울에서 놀다 오징어 게임 하다가 고무줄놀이 하다가 그래도 할 일이 없으면 봄에는 냉이와 달래를 캐고, 가을에는 밤을 주워 집에 갖다 바치고 효자 소리를 들었다.

청소년기에 접어들었어도 반항기는 없었고, 미래에 대한 고민은 더욱 없었다. 그냥 음악과 영화를 좋아했고, 적당히 공부해도 성적이 잘 나와 칭찬받는 게 소소한 행복이었다. 그러던 내가 고등학교 입학과 동시에 의정부로 던져졌다. 다 형 때문이었다. 형은 괜히 공부를 잘해서 담임 선생님이 "무리를 해서라도 내보내야 한다"고 부모님을 종용했다. 형이 먼저 떠났고 나는 그냥 따라갔다.

아, 얼마나 울었던가! 형과 둘이 자취하는데, 그도 대학생이고 하니 집에 혼자 있을 때가 많았다. 집으로 저녁을 먹으러 갈 때, 야간자율학습을 마치고 돌아올 때마다 잡았던 어둡고 차가운 반지하 집 문고리의 감촉을 아직도 잊을 수 없다. 혼자서 할 수 있는 게 뭐가 있겠나. 그냥 울었다. 밥 먹으면서 울고, 어머니 전화 받고 울고, 아버지가 아들 걱정에 눈물 흘렸다는 이야기에 또 울고….

어쩌다 기자

그렇게 마음고생을 했으면 공부를 더 치열하게 할 수도 있었을 텐데, 천성이 독한 것과는 거리가 멀어 그냥 열심히만 했다. 그렇게 열심히 공부해서 적당히 성적이 나왔으면 취직이 잘되는 전공을 선택할 수도 있었을 텐데, 하필이면 국문과에 들어갔다. 그때 아버지는 왜 아들을 말리지 않았을까? 가난한 농부의 삶을 물려주기 싫어 먹을 거 못 먹고 유학까지 보내고서 말이다.

유난히 외로움을 많이 탄 고등학생은 라디오를 들으며 위로받고, DJ가 되고 싶었으나 그럴 외모가 안 된다는 자각에 PD로 방향을 바꿨다. 국문과 가면 PD가 될 수 있다는 말을 어디선가 들었다. 대학 때는 선후배와 야구단을 만들어 운동부처럼 살았다. 어려서부터 혼자 놀던 게 한으로 남아서인지 사람들과 어울리는 게 그렇게나 좋았다.

술과 야구, 연애에 빠져 대학 시절을 보낸 나는 졸업을 앞두고 돌연 '글 쓰는 직업'을 갖기로 마음먹었다. 공부도 제대로 안 했으면서 그래도 국문과 다니며 이 책 저 책 읽고 이 글 저 글 써봤다고 글 쓰는 일이 가치 있게 느껴졌다. 영화와 문화를 좋아해 그와 관련한 자리에 이력서를 넣어봤지만 번번이 떨어졌다. 그때 귀향하는 선배가 추천한 자리를 찾아가 면접을 보았고, 어쩌다 기자가 되었다.

박봉이지만 직장이 생겼고, 어쩌다 됐지만 '기자'라는 이름을 달게 돼 행운이라고 생각했다. 하지만 기쁨은 오래가지 않았다. 기사를 써서 편집장에게 전달하면 그녀는 원고를 들고 휴게실로 들어갔다. 그리고 얼마 지나지 않아 잔뜩 찡그린 얼굴로 나를 불렀다. 들어가 보면 순백의 종이가 시뻘겋게 물들어 있었고, 내 글은 형체를 알아볼 수 없을 정도로 산산조각이 나 있었다.

자존심 상했다. 글이 고통받는 것도 문제지만, 아직 준비되지 않았다는 사실을 나 스스로 너무나 잘 알았기 때문이다. 밥을 안 먹으면 안 먹었지, 밥만 축낸다는 소리는 듣고 싶지 않았다. 부족한 글솜씨는 발로 때우기로 했다. 더 많이 다니고, 더 많은 사람을 만나고, 더 고민하면서도 글은 더 간결하게 쓰기로 했다. "효원!" 하고 부르는 편집장의 목소리가 조금씩 부드러워졌다.

돌이켜보면 참 귀한 시간이었다. 진실의 방에 갇혀 빨간 펜 수업을 듣지 않았다면, 나는 지금 어떠한 글도 쓰지 못했을 것이다. 고맙게도 당시 편집장은 내 자존심에 어떤 상처도 주지 않았다. 그녀는 어디까지나 글에 대해서만 지적할 뿐이었다. 글쓰기가 힘들어 내가 창백해지면 퇴근 후 인사동에서 술을 주입하며 얼굴에 생기를 불어넣었다.

한미 FTA가 한창 진행될 때라 스크린쿼터 폐지 반대 시위 현장에서 살다시피 했다. 영화 기자 이름표를 달고 청와대 앞에서 1인 시위도 했다. 한국 독립영화를 가장 많이 본 기자가 되겠다는 목표로 전국의 영화제를 찾았다. 대형 멀티플렉스가 한창 성장하던 무렵이라 스크린 독과점과 영화 산업 구조에 대한 기사도 많이 썼다. 다른 매체의 문화부 기자가 내 기사를 표절할 정도가 됐을 무렵, 한 영화주간지에서 이직을 제의했다.

첫 번째 위기

졸업 후 첫 직장에서 함께 일했던 이들은 모두 나의 이직을 환영했다. "이제 일 좀 시킬 정도로 키워놨더니 가버린다"고 아쉬워할 법도 한데 "잘된 일이야. 가서 잘 살아"라며 서른 명 넘게 모여 근사하게 환송회를 열어주었다. 한 번은 잡을 줄 알았는데 오히려 등을 떠미니 한편으로는 서운하면서도 '이들이 부끄럽지 않게 잘해야겠다'라는 마음이 들었다. 그리고 강남행 만원 지하철에 몸을 실었다.

영화주간지에서의 생활은 이전과 달랐다. 사람들 사이에 말은 줄고, 매주 써내야 하는 기사의 수와 양은 늘어났다. 나를 자신의 집무실로 데려간 편집장은 내 글을 조용히, 하지만 많은 부분 수정했다. 매주 발간된 잡지를 보면 내가 쓴 글과 달라진 부분이 많았다. 글을 쓰는 문법 자체가 다른 것만 같았다. 다시 처음으로, 어쩌다 기자가 된 그때로 돌아간 기분이었다.

한 달이 지나고 편집장을 찾아가 말했다.

"제가 이 조직에 도움이 되지 못하고 있습니다. 편집장님께 제 글을 수정해야 하는 짐을 맡긴 것 같습니다. 떠나겠습니다. 기대에 부응하지 못해 죄송합니다."

가만히 듣던 그가 내 이름을 불렀다.

"효원!"

"네?"

"여기 온 지 얼마나 됐지?"

"한 달이요."

"1년 지나고 다시 이야기하자. 그때도 같은 마음이면 안 잡을 거야."

그리고 그는 먼저 자리를 떠났다. 편집장의 작고 짧은 말이 마음에 크게 오래 남았다. 원고 마감 기한이 하루 늘고, 대출 원금 상환 기간이 1년은 늘어난 기분이었다. 시간이 지나면서 이곳 사람들도 처음부터 잘했던 게 아니라 하루하루 치열하게 버티는 것임을 알았다. 참고 버티는 거라면 나도 잘하지. 어렸을 때부터 멍하니 먼 산을 바라보며 긴 시간을 잘 보내지 않았나. 첫 직장 사람들의 얼굴도 떠올랐다.

버티기로 마음먹으니 쓰기만 하던 일상이 조금씩 달라졌다. 내 이름이 적힌 잡지를 보는 일도 좋았다. 지난 글이 오늘의 글에 자양분이 되고, 지금의 글이 내일의 글을 기대하게 만들었다. 무엇보다 지금 당장 최고의 기사를 써야 한다는 부담을 벗으니 마음이 한결 가벼워졌다. 그렇게 새 직장에서 한 명의 몫을 해냈다. 이렇게 시간을 쌓으면 좋은 기자가 될 수도 있겠다는 마음이 들었다. 눈을 감으면 빛이 보였다.

영화는 마음에 쌓이고, 기사는 잡지에 쌓이는데, 돈은 통장에 쌓이지 않았다. 무가지가 우후죽순 늘어나니 사람들은 더 이상 지하철에서 잡지를 사 보지 않았다. 잡지가 팔리지 않고 월급은 밀렸지만, 직장 생활 하는 아들이 집에 손을 벌릴 수도 없었다. 점심을 사 먹기 위해 친구에게 돈을 빌려야 하는 상황까지 이르렀다(그때 10만 원 빌려달라고 했는데 "일하느라 잘못 들었다"며 100만 원을 보내준 친구가 있다).

결국 떠났다. 편집장과 1년 뒤에 다시 이야기하자는 약속을 지키지 못했고, 좋은 기자가 된 나를 만나지 못했다. 영화 상영 도중에 필름이 뚝 끊겨버린 셈이었다. 어느덧 20대 후반, 글 쓰는 것밖에 모르고 현실은 잘 알지 못하는 이를 원하는 직장은 없었다. 꿈에 부풀었던 마음이 바람 빠진 풍선이 됐을 무렵, 한 온라인 서점에 이력서를 넣었다. 면접장에서 만난 팀장은 영화주간지의 독자였고 나를 알고 있었다. 기회를 얻었다.

나는 우렁이

이때부터 영화가 아니라 책에 대해 글을 쓰기 시작했다. 책을 읽고, 리뷰를 쓰고, 책을 좋아하는 사람들에게 우리 서점을 알리는 게 내 역할이었다. 그때 나는 내 나이와 외모에 어울리지 않는 '반디'라는 귀여운 이름으로 사람들을 만났다. 서점 블로그를 새롭게 만들었는데, 석 달 만에 일일 방문자가 1천 명이 넘는 인기 블로그가 되었다. 영화 300편을 보다가 이제는 책 300권을 읽게 되었다.

1년에 책 300권이라니 말도 안 된다고 생각할지 모르나 당시 나는 시간이 많았다. 사무실이 파주출판도시에 있어 의정부에서 출퇴근하는 데 왕복 다섯 시간이 걸렸다. 지하철에서 잘 앉지 않는 나는 다섯 시간 동안 책을 읽고, 집에 와서 또 읽고, 주말에도 읽었다. 좋은 책을 발견해 독자들에게 소개하고, 누군가 그 책을 읽고 좋아하면 출퇴근의 피로가 눈 녹듯 사라졌다. 그런데 피로는 그냥 마음으로만 풀렸나 보다.

1년 가까이 장시간 출퇴근을 하고 나서 사무실이 인사동으로 이사했을 무렵, 몸에 이상이 생겼다. 처음에는 그저 몹시 피곤하기만 했지만, 어느 순간부터 음식을 넘기기가 쉽지 않았다. 밥이라는 게 씹으면 그냥 자동으로 넘어가야 하는데, 애쓰지 않으면 넘어가지 않았고 나중에는 고통스러웠다. 점심시간에 동료들과 같이 밥을 먹으면 반도 못 먹고 나와야 해서 혼자 먹기 시작했고, 혼자 갈 데가 마땅치 않아서 고시원 지하에 있는 구내식당을 찾았다.

목에서 시작한 증상은 혀로 올라왔다. 술에 취한 사람처럼 발음이 부정확해졌다. 전화로는 의사소통이 힘들 정도였다. 급기야 얼굴 전체가 말을 듣지 않았다. 나는 분명 웃고 있는데 표정이 하나도 변하지 않았고, 억지로 표정을 지으면 얼굴이 일그러졌다. 이때 내 연애사에 매우 치욕적인 기록을 세웠다. 6주 연속 소개팅을 했는데 단 한 번도 애프터를 받지 못했다. 지하철에서는 너무 힘들어 주저앉고 싶을 때가 많았다.

그사이 안 다닌 병원이 없었다. 내과, 이비인후과, 한의원, 동네 의원에서 대학병원까지. 결국 1년 넘게 원인을 못 찾은 채 몸무게가 20킬로그램 넘게 빠졌다. 이대로는 도저히 안 되겠다 싶어 종합병원의 가정의학과를 거쳐 신경과에서 겨우 찾아낸 병명은 '중증 근무력증'이었다. 감기를 심하게 앓거나 극심한 스트레스를 받으면 생길 수도 있다는데, 나 혼자만 스트레스를 받나? 내가 50만 명 중 한 명이라니!

시골 출신 도시 청년의 궁상맞은 이야기를 장황하게 늘어놓은 이유는 논에 던진 우렁이가 나와 같다는 생각이 들어서다. 라디오 PD를 꿈꾸고, 영화 기자, 북 큐레이터로 살아온 15년간의 도시의 삶 그 어느 순간에도 고향에 돌아와 농사짓는 모습은 상상해본 적이 없다. 어떤 힘이 나라는 우렁이를 도시에서 멀리 떨어진 이곳 포천으로 던졌을까? 우렁이는 풀을 먹고 사는데, 나는 여기서 어떻게, 무엇을 하고 살아야 할까?

2
외계인 할아버지

　나는 항상 통통했다. 어린 시절 시골 밭에서 자라는 건강한 과일과 채소는 입 짧은 나를 유혹하지 못했다. 밥은 항상 혼나지 않을 만큼만 먹었고, 그나마도 모든 영양이 신장이 아닌 허벅지로 가버렸다. 도시 생활 시작하고 고기 못 먹은 설움에 기회가 있을 때마다 육류를 섭취하다 보니 '통통'은 나의 기본값이 되었다. 특별히 힘이 센 것도 아닌데 "시골 출신이라 힘이 좋다"는 말을 늘 들었다.

　수술받고 내려왔을 때 그동안 경험한 적 없는 홀쭉이가 되어 있었다. 1년 넘게 음식을 넘기는 것이 힘들어 밥을 잘 못 먹으니 자연스레 살이 빠졌고, 6개월간 병원 생활을 하면서 더 빠졌다. 그때 머리마저 더 빠졌더라면 골룸이 와서 형님이라 해도 할 말이 없었을 것이다. 피골이 상접한 팔을 보며 '너 참 안

됐다'라고 생각했다. 무언가 하고 싶다는 의지가 하나도 없었다.

어머니는 성치 않은 아들을 조금이라도 더 먹이려고 온갖 반찬을 했지만 입에 들어가는 건 거의 없었다. 고춧가루 하나만 있어도 입에서 불이 났고 밥 짓는 냄새조차 싫었다. 아버지는 힘이 쭉 빠진 아들이 어떻게 되지는 않을까 노심초사했다. 그냥 모든 일을 자신이 하고, 지나갈 때마다 새삼스레 나의 안색을 살폈다. '제발 살아만 있어라!' 당시 환자를 바라보던 주변의 시선이었다.

앞산의 풍경을 바라보는 것이 내 일상의 전부였다. 지루하기만 할 것 같았는데, 계절의 속도만큼 서서히 짙어지는 녹음과 태풍이 지휘하는 산의 오케스트라를 보는 재미가 쏠쏠했다. 순도 100퍼센트의 휴식과 스테로이드 약 무더기 덕분에 살과 힘이 조금씩 차올랐다. 아버지가 시키지 않을 줄 알면서도 "일 도와드릴까요?"라는 형식적인 질문을 할 정도가 되었다. 어머니의 밥이 조금씩 맛있어졌다.

어느덧 시골에 내려온 지 반년이 지나고, 중리초등학교에서 운동회를 한다는 소식을 들었다. 요즘 초등학교 풍경은 어떤지 궁금해 모교를 찾았다. 아이들은 자신이 왜 뛰는지도 모른 채 뛰고 있었다. 학생 수는 많이 줄었지만, 파란 하늘 아래 펼쳐진 풍경은 여전히 생기 넘쳤다. 그때 낯선 젊은이의 출현에 호기심 가득한 유치원생 하나가 다가와 말을 건넸다. "아저씨 누구예요?"

빤한 대답으로 아이를 실망시키기는 싫어서 침착하고 진지하게 답했다. "외계인 할아버지야!" 이 정도면 당황할 만도 한데 아이는 숨 돌릴 틈도 없이 대화를 이어갔다. "외계인 말 해 봐요!" 고향에 돌아온 뒤 최초, 최대의 위기다. "바끄사 네토흐 어터쿠타 나으하 이토네 미나히타!" 아이는 잠시 멈칫하더니 이내 냅다 뛰면서 외쳤다. "외계인이다!"

인턴 국어 선생님

중리초등학교와의 인연은 그날의 해프닝으로 끝날 줄 알았는데, 학교에서 인턴 국어 교사 자리를 제안했다. 교사 자격증은 없지만 국문과를 졸업하고 학원 강사 경력도 있는 데다 기자 생활 하며 글쓰기도 제법 했으니 못 할 것 없다고 생각했다. 무엇보다 한 청년이 20년 만에 모교로 돌아와 후배들을 사랑으로 돌보고, 인문학적 소양을 높이며, 꿈을 키워준다니 이 얼마나 낭만적인 일인가!

2011년 3월, 부푼 가슴을 안고 다시 학교에 첫발을 내디뎠을 때 "외계인이다!"라는 외침이 사방에서 터져 나왔다. 꿈 많은 청년의 낭만은 쉽게 사그라지지 않는 아이들의 괴성 속에서 흔적도 없이 사라졌다. 훈훈한 휴먼 드라마가 될 줄 알았는데, 나의 첫 출근은 SF 판타지 호러물이 되어버렸다. 영원히 진정되지 않을 듯한 분위기였지만 이름을 하나하나 부르자 아이들은 자리를 찾았고 눈에서 빛을 발했다.

열흘이 지나자 아이들은 나를 외계인이라고 부르지 않았다. 그때 동일본 대지진 소식이 들려왔다. 쓰나미가 몰려와 수만 명이 죽거나 다쳤고, 후쿠시마 원자력발전소가 폭발해 사람이 접근할 수 없는 땅이 되어버렸다. 1학년 교실에 가서 무거운 마음으로 대지진에 대해 이야기를 나눴다. 아이들은 뉴스에서 봤다며 이야기하다가 칠판으로 달려 나와 지진과 쓰나미를 그렸다.

외계인 할아버지가 최초로 만난 지구인인 홍성이가 1학년이 되었고, 홍성이는 바다 위에 나를 그렸다. 그렇게 나를 바다 한가운데로 보내나 싶었는데, 그 옆에 배를 그리고 줄을 연결해 내 몸에 묶었다. 그리고 말했다. "선생님, 살았어요!" 작은 아이의 한마디가 무거운 내 마음에 묵직하게 다가왔다. 더는 말할 수 없어 교실을 나오는데 순민이가 외쳤다. "선생님, 선생님을 절대 버리지 않을 거예요!"

얼마 지나지 않아 나는 인기 외계인, 아니 선생님이 되었다. 특별한 비결이 있는 건 아니고 그저 아이들의 '예스맨'이 되었을 뿐이다. 딱히 할 일도 없었기에 전교생이 40명 남짓한 학교에서 아이들이 찾아와 종알종알 떠들면 시간이 허락하는 대로 다 들어주었다. 아이들은 나를 보면 일단 달려왔다. 그리고 할 말이 없으면 "선생님, 다람쥐 사주세요!" "선생님, 호랑이 사주세요!"를 외쳤다.

수업 시간에도 아이들은 주문이 많았다. "선생님, 나가 놀아요!" 창밖을 보니 산은 푸르고 햇살은 눈부셨다. 내 수업이 자연이 주는 가르침보다 나을까? 그렇다고 무턱대고 나갈 수는 없으니 20분 동안 수업을 잘하면 밖에 나가겠다고 했다. 아이들은 굉장한 집중력으로 읽고 쓰고는 쏜살같이 운동장으로 뛰어나갔다. 나는 아이들 등에 대고 소리쳤다. "집에 가서 말하면 안 돼!"

좌충우돌 이야기

어린이날을 기념해 운동회가 열렸다. 만국기가 없어도, 구경 온 어른들이 없어도 아이들은 충분히 들떠 있었다. 본격적인 개회에 앞서 몸을 푸는데, 아뿔싸 '청소년 체조'다. 내가 이 운동장에서 이 아이들만 할 때 들은 아저씨의 목소리가 그대로 흘러나왔고, 아이들은 똑같은 체조를 하고 있었다. 20년 동안 단 한 번도 하지 않았는데, 구령 소리에 몸이 자연스레 반응했다.

이날의 절정은 이어달리기였다. 아이들은 올림픽에 나간 국가대표 선수들처럼 비장한 표정으로 출발선 앞에 섰다. 사건은 2학년 아이들이 달릴 때 발생했다. 잔뜩 긴장한 준이가 바통을 받더니 반대 방향으로 전속력 달리기를 시작했다. 필사의 역주행에 흥분한 아이들은 소리쳤고, 선생님들은 웃느라 뒤로 넘어갔다. 고독한 질주를 하던 아이는 자신의 실수를 깨닫고부터 울면서 달렸다. 같은 팀 마지막 주자, 이름부터 크게 될 놈인 대형이가 만회해보려고 이를 악물고 뛰었지만 결과는 달라지지 않았다.

가을 운동회에서도 비슷한 일이 벌어졌다. 이번에는 3학년 철이가 넘어졌다. 아이는 울고 그 팀은 반 바퀴 넘게 뒤처졌다. 백팀 아이들은 전력 질주 하며 조금씩 거리를 좁혔지만, 승부는 진즉에 기울어져 있었다. 하지만 아무도 철이를 탓하지 않았다. 한차례 폭풍이 지나가고 운동회가 끝날 무렵, 아이들의 표정은 파란 하늘에 물들어 있었다. 아이들은 쭈쭈바를 야무지게 빨아 먹었다. 준이도 철이도.

여름 방학이 끝났다. 2학년 용준이가 다가와 내게 맡겨놓은 거라도 있다는 듯이 말했다. "호랑이 주세요." 응? 무슨 호랑이? 생각해보니 아이들이 공부를 열심히 한다는 조건으로 내게 뭔가를 잔뜩 주문해놨었다. 처음 호랑이를 주문받았을 때는 귓등으로 듣고 코웃음 치며 넘겼다. 하지만 용준이는 볼 때마다 다가와 "호랑이, 호랑이"를 외쳤다. 시간이 지날수록 호랑이 타령은 더 커져갔다.

호랑이를 살 재간이 있을 리 없는 나는 용준이를 붙잡고 설득했다. "생명을 사고파는 건 좋지 않아. 다른 건 안 될까?" 그랬더니 "잡아다 주세요"라고 한다. 달리 할 말이 없어 알았다고만 하고, 아이가 방학 동안 잊어버리기만을 간절히 기도했다. 하지만 잊은 건 나였고, 아이의 눈은 더 빛났다. 그래서 '호랑이 잡으러 백두산에 올라가 사투를 벌였지만 아쉽게 실패했다'는 뻥을 치기로 계획했다.

손에 빨강, 파랑, 까망 볼펜을 들고 보건실로 향했다. 어두운 보건실 침대에 홀로 앉아 어깨와 옆구리, 발목에 사나운 맹수의 발톱 자국을 그렸다. 남우주연상급 표정 연기를 펼치며 끔찍한 상처를 보여주는데, 아이들은 마음껏 비웃으며 침을 발라 문질렀다. 용준이가 선생님의 노력이 가상해 믿어줄까 말까 고민하는 사이 누가 3학년 정민이에게 물었다. "저거 진짜야?" "백퍼 뻥이지!"

푹신푹신한 논바닥

제자이자 후배인 아이들과 함께한 이때가 내 인생에서 체력이 가장 약할 때였다. 그런데 아이들과 함께할 때면 나는 항상 슈퍼맨이 되었다. 달리기하면 "왜 이렇게 빨라요!", 축구를 하면 "왜 이렇게 세게 차요!", 팔씨름하면 "왜 이렇게 힘이 세요!"라고 했다. 여러 명이 달려들어 몸싸움을 벌이다가 내가 기합을 외치며 밀쳐내면 "선생님은 진짜 외계인이야!"라며 혀를 내둘렀다.

아이들은 내 말도 (가끔은) 잘 들었다. 평소에는 제멋대로지만 내가 정색하면 금세 고분고분해졌다. 한겨울에 거의 전교생을 데리고 얼음이 꽝꽝 언 중리저수지에 놀러 간 적이 있다. 아이들은 한 번도 가보지 않은 길을 나만 믿고 쫄래쫄래 따라왔다. 내가 먼저 빙판에 올라 쾅쾅 뛰자 아이들도 들어와 미끄러지듯 달렸다. 아이들 웃음소리가 잔뜩 쪼그라든 나를 펼쳐주었다.

소풍 가는 날, 한 아이가 물었다. "선생님, 어디 아파요?" 어디서 이야기를 들은 모양이다. "안 가르쳐줌" 하며 자리를 피했는데 아이는 따라오며 자꾸 물었다. 얼마 뒤 우리 학교가 일산에서 열린 연극대회에 나간 날에도 아이는 끈질기게 따라왔다. 소녀의 눈빛이 하도 간절하여 나의 투병기를 들려주고 "이제는 안 아파. 다 나았어"라고 훈훈하게 마무리했다.

하지만 아이의 얼굴은 밝아지지 않았다. "선생님, 그럼 다시 서울로 가는 거예요?" 아이의 표정은 어느덧 걱정에서 서운함으로 바뀌어 있었다. 나는 잠시 말을 잇지 못하다가 겨우 답했다. "아니, 안 가. 난 너희랑 있는 게 좋거든. 너희가 어른이 될 때까지 곁에서 지켜볼 거야. 얼마나 멋진 사람이 돼 있을지 무척 궁금하거든. 너 시집갈 때 축의금 많이 할게!" 그제야 아이의 얼굴이 환하게 밝아졌다.

누구도 나에게 아무것도 바라지 않을 때였다. 하지만 아이들은 내게 바라는 게 많았고, 나를 과대평가했으며, 내 목소리에 귀를 기울였다. 좌충우돌 사건 속에 우여곡절도 많았지만, 아이들은 항상 고운 감정의 결로 내 마음을 어루만져주었다. 고향으로 내던져진 우렁이 신세가 된 내게 아이들은 푹신푹신한 논바닥이 되어주었고, 나는 이곳에 상처 없이 떨어질 수 있었다.

어느덧 아이들이 대학생, 사회인이 되었다. 시내에서 우연히 만나면 아이들은 멀리서부터 달려온다. 이제는 다 컸다고 내게 아무것도 바라지 않는다. 하지만 무언가 주고 싶은 나는 지갑 형편에 따라 3천 원, 5천 원씩 용돈을 준다(만 원은 안 된다. 생각보다 자주 본다). "몸에 좋은 거 사 먹어라"라고 말하면 아이들은 오래전 그 표정으로 "네!" 하며 웃는다. 외계인 친구 홍성이는 지금 내 아이의 게임 친구이자 좋은 선생님이 되었다. 중리초등학교는 2025년 다섯 명의 졸업생을 끝으로 70년 역사의 마침표를 찍었다.

3
보내려는 자들

　고향으로 돌아오고 봄, 여름, 가을, 겨울 그리고 봄이 지났다. 한 달에 한 번 병원에 가던 것이 석 달에 한 번으로, 그러다 반년에 한 번으로 줄었다. 그사이 내 몸은 너무 빠르지도 너무 느리지도 않게 하루에 하루만큼 좋아졌다. 학교의 어리고 여린 아이들은 나를 잘 받아주었다. 하지만 두 남자는 나를 다시 도시로 내보내려고 했다. 지금은 세상을 떠난 할아버지 그리고 아버지 이야기다.

　우리 아버지는 7남매 중 여섯째인데 평생 부모님을 모셨다. 내 기억이 시작된 시점부터 할아버지는 늘 함께 있었다. 할아버지는 우리 집에서 '인기남'은 아니었다. 부유한 환경에서 공부를 많이 한 할아버지는 농사에 영 취미가 없었다. 할아버지의 할아버지로부터 재산을 제법 물려받았다는데, 나는 물론이고 아버지도 그것을 본 적이 없다(덕분에 유산을 두고 다툴 일도 없었고 아버지 형제들은 우애가 좋다).

할아버지가 일을 안 하니 그 몫은 할머니와 아버지, 어머니에게 돌아갔다. 할머니에게 살갑게 대해주기라도 했으면 좋으련만 그러지도 않았다. 할머니는 말버릇처럼 "저놈의 영감보다 하루만 더 살면 소원에 없겠네"라고 했지만 할아버지보다 2년 먼저 세상을 떠났다. 개울 건너편 할머니 산소에 매일 다니던 할아버지는 어머니에게 말했다. "어멈, 내가 할멈한테 잘못하긴 했지."

가장의 아침, 점심, 저녁이 있는 삶 덕분에 아버지는 어릴 때부터 집안의 먹고사는 문제에 직면해야 했다. 한 시간 넘게 걸어 미군 포격장에서 고물을 주웠고, 닥치는 대로 들판에 나가 일했다. 아버지는 결국 중학교에 진학하지 못했다. 총명한 아버지는 공부를 더 하기에는 집안 형편이 안 좋고 자신이 가족의 생계를 책임져야 한다는 사실을 일찍부터 알았다.

아버지보다 네 살 어린 작은아버지가 중학교를 졸업할 무렵, 형을 개울가로 불러내어 말했다. "형, 나 고등학교 안 가고 친구들이랑 서울 가서 공장에 취직할래." 그때 아버지는 단호히 안 된다고 했다. 본인은 농촌에서 힘들고 가난하게 살아도 동생은 그렇게 살게 하고 싶지 않았다. 어머니는 결혼반지를 팔아 학비를 댔고, 작은아버지는 공군 제2사관학교에 입학해 아버지의 바람을 이루어주었다.

눈물 없이 들을 수 없는 그 시절 흔한 가족사는 어린 내가 알 바는 아니었다. 매일 아침 신문을 보고, 늘 누워서 책을 읽는 할아버지가 나는 좋았다. 같이 사는 손자인 내게는 세상 누구보다 따뜻한 사람이었다. 한겨울에 실컷 눈싸움하고 돌아오면 할아버지는 언제나 나의 언 손을 녹이려고 자신의 배를 기꺼이 내주었다. 할아버지 등 뒤에 서면 아무도 내게 뭐라 하지 못했다.

지게 귀신

항상 내 편이 되어준 할아버지가 무서운 얼굴로 엄하게 굴 때가 있었다. 내가 마당에 있는 지게를 가지고 놀라치면 언제나 느긋하던 할아버지가 다급하게 소리쳤다. "지게 지면 안돼! 지게 귀신이 있단 말이야. 한번 지면 지게 귀신이 등에 달라붙어서 떨어지지 않는다고. 너 평생 농사나 지으며 살 거야?" 나는 영문도 모른 채 지게를 내팽개쳤다.

할아버지의 날벼락에 깜짝 놀라 외양간에 기대앉아 쿵쾅대는 마음을 추슬렀다. 언뜻 이해되지 않았다. 우리는 농촌에 살고 있고 자기 아들도 농사를 짓고 있거늘 농부가 되는 게 나쁘다는 말인가? 아버지의 농부 생활이 좀 피곤해 보이긴 하나 (도

덕적으로) 나쁘게 보이지 않아서 농부가 될 수도 있겠다고 생각했다. 게다가 교회를 다녔기에 '그깟 귀신 따위!' 하며 지게를 멨다.

며칠 뒤 할아버지는 나를 데리고 시내 서점에 갔다. 할아버지는 그곳의 1등 손님이기에 주인은 우리를 친절하게 반겼다. 할아버지가 말했다. "우리 손주 놈인데 아주 똘똘해. 공부도 잘해서 아주 크게 될 놈이야. 나중에 서울 가서 살 거야!" 내가 크게 된다고? 서울에 살 거라고? 한 번도 생각지 못한 이야기에 어리둥절해 있는데 서점 주인이 말했다. "눈이 아주 빛나네요. 시골 아이 같지 않아요!"

할아버지는 왜 그렇게 나를 도시로 보내고 싶어 했을까? 할아버지의 젊은 시절 이야기를 들은 것은 내가 몸이 아파 이곳에 돌아오고 나서다. 할아버지는 그의 아버지가 일찍 세상을 떠나서 할아버지 밑에서 자랐다. 어린 시절 이 동네에서 서당을 다녔는데 공부를 아주 잘했다고 한다. 할아버지와 더불어 서당에서 가장 촉망받던 친구는 서울로 유학 가 일제강점기에 검사가 되었다.

할아버지도 도시에 나가 공부하겠다고 했지만, 그의 할아버지는 손주가 행여 잘못될까 염려해 유학을 허락하지 않았다. 그러면 당시 상권이 활성화된 영평에 가서 약방이라도 하고 싶다고 했지만, 그 또한 바람대로 되지 않았다. 살아생전 할아버지는 전국을 유람하고 캐나다 여행까지 다녀올 정도로 자유로운 영혼이었는데, 너무 일찍 날개가 꺾여버린 게 아닐까. 생각해보니 그가 내게 처음 쥐여준 책은 얼마나 많이 읽었는지 너덜너덜해진 한국 최초 세계 여행기였다.

손주를 내보내려 했던 할아버지의 마음에는 아들, 즉 우리 아버지에 대한 미안함도 있었으리라. 어머니는 해가 지기 전에 먼저 돌아와 밥을 했지만, 아버지는 밭에서 해가 질 때까지 일을 하니 집에 돌아오면 언제나 한밤중이었다. 아버지의 귀가가 늦으면 할아버지는 나를 불렀다. "효원아, 나가서 아빠 오나 봐라!" 그때는 '궁금하면 할아버지가 나가지' 싶었는데…. 그는 오랫동안 아들의 하루를 전부 지켜보고 있었다.

농부 아버지

나는 아버지와의 대화에 서툴다. 어려서부터 시간을 같이 보낸 적이 별로 없기 때문이다. 봄, 여름, 가을 내내 바쁜 건 물론이고 겨울에도 나무를 해다가 아궁이에 불을 때야 해서 아버지와 놀아본 기억이 없다. 내가 외지에서 고등학교에 다니던 시절에도 아버지는 집에서 몰래 울었고, 중환자실에 입원했을 때도 면회 와서는 15분 동안 눈물만 흘리다 나갔다. 우리는 오랜 세월 서로의 침묵에 익숙해져 있었다.

그러던 어느 날, 아버지가 "이리 와 앉아봐"라고 했다. 뭐지, 이 어색한 분위기는? 아들 된 도리로 정자세를 하고 앉았고, 아버지는 사뭇 진지한 목소리로 말했다. "이제 몸이 어느 정도 좋아졌으면 다시 도시로 나가라. 네가 할 일은 여기가 아니라 도시에 더 많을 거다. 젊은 네가 살기에 시골은 적당치 않다." 갑작스러운 선전포고에 맛있게 먹은 저녁이 식도와 위 사이 어딘가에 멈춘 듯했다.

잠시 정적이 흐르고, 나는 어느 정도 생각하는 척하다가 답했다. "저는 여기서 살 거예요. 자연과 더불어, 아이들과 어울려 사는 게 좋아요. 먹고사는 거야 아버지랑 농사지으면 되죠. 도시에는 저 같은 사람이 수천, 수만, 아니 수백만이에요. 하지만 여기에는 저 하나밖에 없잖아요. 지난 1년간 제가 꽤 귀한 사람이라고 느꼈어요. 떠나고 싶지 않아요. 이곳이 좋습니다!"

갑작스레 훅 들어온 공격임에도 의외의 달변으로 잘 응수했다고 생각하고 있었는데, 그 정도는 예상했다는 듯이 아버지는 말을 이었다. "네 생각처럼 농촌 생활이 낭만적이지 않아. 들에서 하는 일은 고되고, 마음 맞는 사람 찾기도 쉽지 않을 거다. 그리고 너를 대학 공부까지 시킨 것은 나처럼 농사짓게 하지 않기 위해서였다. 농사라는 게….

아버지가 멈칫한 순간 지난 50년 세월이 그의 뇌리를 빠르게 스쳐 간 듯했다. 아버지가 얼마나 고생했는지 다 알지는 못

하지만 미루어 짐작할 수는 있다. 지금 기계가 하는 일을 모두 사람이 하던 시절, 아버지는 해마다 농번기가 끝날 무렵이면 탈진해서 응급실에 실려 갔다. 그런 와중에도 고등학교를 졸업하기 전까지는 아들들에게 어떤 일도 시키지 않았다. 논과 밭에 얼씬도 못 하게 했다.

아버지는 "죽도록 일해도 사회적으로 대접받지도 못하는 농부로 사는 건 내 대에서 끝내면 좋겠다"며 말을 맺었다. 이 정도면 아버지 입장에서 필살기를 쓴 셈인데, 나 역시 숨겨놓은 무기가 있었다. 일단 "아버지"로 시작하고 "농부가 뭐 어때서요? 저는 평생을 열심히 일해온 아버지, 어머니를 존경해요. 자랑스럽다고요. 그리고 저…"라고 운을 뗀 다음에 "다시 도시로 나가면 또 아플 거 같아요"라며 쐐기를 박았다.

부천댁

아버지는 말이 없었다. 또 아플 것 같다는 말이 부모에게 얼마나 잔인한 말인지 알지만, 정말이지 그럴 것만 같아서 그랬다. 그동안 경험해본 적 없는 아들의 단호한 태도에 아버지는 적잖이 당황했다. 잠시 후 달라진 목소리로 말을 이었다. "그럼 결혼은 어떡할 건데? 농촌에서는 색시 구하기가 만만치 않아." 도시에서도 만만치 않았다고 말하려다가 그러면 너무 슬

퍼질 것 같아 다른 이야기를 꺼냈다.

"실은 요즘 만나는 사람이 있어요. 아버지도 아는 친구예요. 부천댁 말이에요." 옆에서 마음 졸이며 듣던 어머니의 얼굴이 밝아졌다. "만나는 사람이 있다고 하잖아요. 이제 나가라고 하지 말아요. 애가 또 아프면 어쩌려고 그래요. 사람이 먼저 살아야지." 그렇게 할아버지와 아버지, 2대에 걸쳐 나를 내보내려던 시도는 부천댁의 출현으로 일단락되었다. 그런데 아직 그녀와 미래를 약속한 게 아닌데, 어쩌지?

부천댁. 대학 졸업 전에 만나 2년 동안 사귄 그녀. 40일 유럽 여행을 마치고 돌아와 만난 지 5분 만에 이별을 통보한 그녀. 만나는 동안 "오빠가 내가 그리던 사람인지 모르겠어"라는 말을 입에 달고 살던 그년…. 그녀는 이별 후에도 이별이 그렇게 아프지 않았는지 가끔 문자로 안부를 물었다. 그때 나는 울릉도 부둣가에 앉아 살아야 하나 말아야 하나 눈물 콧물 흘리며 고민했건만….

헤어진 지 4년, 낙향한 지 1년이 지난 어느 날 아침, 그녀에게 문자를 보냈다. "잘 지내?" 예상과 달리 빠르게 답장이 왔고, 나는 그녀에게 전화를 걸었다. 회사 면접 보고 풀 메이크업한 게 아까워서 한강을 보고 앉아 오늘 뭐 할지 고민하고 있다고 했다. 화장 값이 아까우니 날 보러 포천에 오라고 했고, 4년 만에 허브아일랜드에서 다시 만났다. 치아 교정 때문인지, 풀

메이크업 때문인지 그녀는 더 예뻐져 있었다.

하루 동안 꿈같은 시간을 보내고 이후 연락을 주고받다가 어느 푸른 가을날, A4 용지에 열 가지 약속을 적어 가슴에 품고 인사동에서 만났다. 각자의 다음 약속 시간이 되어 헤어질 무렵 길 한복판에서 프러포즈하고, 나는 여행기를 쓰기 위해 튀르키예로 떠났다. 돌아왔을 때 그녀는 나의 청혼을 받아들였고 2012년 봄, 모내기가 끝나고 새카매진 얼굴로 결혼식장에 들어갔다. 그렇게 우렁이는 뿌리를 박았다.

할아버지, 수많은 자손 중에 매년 산에 올라가 벌초해주는 놈이 누구요? 매일 산소를 바라보고 할아버지, 할머니를 떠올리는 놈이 누구냔 말이요? 아버지, 여행 가고 집 비었을 때 아침마다 가서 개밥 주는 놈이 누구요? 넷플릭스 안 된다고 전화하면 밤 9시에도 찾아가 영화 보게 해드리니 아주 편하지 않소?

부족한 놈, 시골에서 사람 구실 하면서 살게 해주셔서 고맙습니다.

4

논두렁 햄릿

부천댁은 스스로를 복덩이라 부른다. 자기가 포천에 내려오면서 우리 동네가 많이 좋아졌다는 말이다. 한탄강댐(2016년 완공)이 건설되면서 길이 좋아지고, 비둘기낭 폭포 주변에 한탄강 유네스코 세계지질공원이 조성되었으며, 한탄강을 가로지르는 하늘다리(2018년 완공)가 생겼다. 인과관계는 모르겠지만 아주 틀린 말은 아니니 좋은 게 좋은 거라고 그냥 넘어가도록 하자.

동네가 좋아지는 동안 학생, 기자를 거쳐 농부가 된 나의 발전 속도는 매우 느렸다. 결혼하고 얼마 지나지 않았을 때의 일이다. 아직 몸이 다 낫지 않아서 내게 주어진 일은 그리 많지 않았다. 그렇다고 집에서 시간을 축낼 수만은 없어 뒷산에 산책로를 만들겠다는 야심 찬 포부를 밝혔다. 몸 좋아지라고 약도 먹는데, 좋은 공기 마시며 등산하겠다고 하니 아무도 말리지 않았다.

커다란 잣나무는 내버려두고(자를 수도 없다) 작은 톱으로 벨 수 있는 잡목들만 잘랐다. 하루 3미터 전진. 아무도 시키지 않았고, 아무도 봐주지 않는 이 혼자만의 싸움이 은근히 재밌었다. 어느 날 잡목을 감고 올라가는 넝쿨식물이 보였다. 왠지는 모르나 나는 칡 같은 넝쿨식물을 좋아하지 않는다. 나무를 옭아매고 있다는 생각이 들고, 그 모습을 보노라면 누군가 내 몸을 휘감고 있는 것만 같다.

다 뜯어주겠다! 어차피 베어버릴 잡목이지만, 냉정한 마음으로 넝쿨을 먼저 뜯어냈다. 그런데 톱질하다 보니 이놈의 줄기들이 너무 많았다. 괜히 부아가 치밀었다. 크고 싶으면 똑바로 서서 홀로 자라란 말이야! 내 인생에 이토록 차가운 손길이 있었을까? 바닥에 떨어진 줄기는 쳐다보지도 않았다. 시원해진 나무를 흐뭇한 표정으로 바라보았다. 그런데 무슨 냄새가 났다. 뭐지, 이 익숙한 향기는? 내가 좋아하는 냄새인데?

며칠 뒤 뒷산에 올랐던 아버지가 문을 두드렸다(내가 낸 길을 보러 간 것은 아니었다). 보통 우리 집 앞에 있는 밭에서 일해도 그냥 돌아가는 아버지였다. 표정이 사뭇 어두웠다.

"효원아, 요즘 산짐승 뭐 본 거 있니?"

"산짐승이요? 못 봤는데요."

"그래? 이 집 짓기 전에 산에 더덕씨를 잔뜩 뿌려놨거든. 다 크면 같이 먹으려고. 얼마 전까지도 잘 자랐는데 오늘 가보니 다 뜯겨 있더라. 대체 누가 그런 짓을 한 거지?"

대체 그런 짓을 한 나는 아무 말도 할 수 없었다. 아버지가 나보고 도시로 나가라고 할 때는 가슴이 웅장해질 정도로 말을 잘했는데… 2013년 '산짐승 더덕 난동 사건'은 아직도 미제로 남아 있다. 몇 해 전 아버지와 함께 뒷산에 더덕 싹을 심었다. 산비탈에 기대앉아 매우 불편한 자세로 곡괭이질을 해 심고는 물을 주었다. 대단한 정성이었다. 하마터면 10여 년 전 내가 한 짓을 고백할 뻔했다.

밭두렁 바보

모내기가 끝나면 콩을 심는다. 농부가 콩을 심으면 까치나 산비둘기 같은 새들이 자기네 먹이라도 준 줄 알고 밭으로 달려든다. 콩이 흙 속에서 어둠을 견디고 땅에 균열을 내어 겨우 햇빛을 보는 순간, 새들이 날아와 콩 대가리를 '콩' 하고 물어간다. 논에 일하러 간 아버지는 내게 새들이 오지 못하게 새줄을 밭에 걸어놓으라고 했다. 새줄이 바람에 흔들리고 햇빛에 반짝이면 새들이 오지 못한다.

밭 양쪽에 막대기를 골고루 박고, 최대한 균형을 맞추어 빈

틈없이 새줄을 쳤다. 한 걸음 물러나 보니 은색과 빨간색 줄이 햇빛을 받아 아름답게 빛났다. 한 폭의 그림 같았다. 그런데 콩밭에 생뚱맞게 자라 있는 옥수수가 보였다. 작년에 옥수수 심었을 때 떨어져서 자란 건가? 자고로 콩 심은 데 콩 나고, 팥 심은 데 팥 나는 법. 아무렴 콩밭에는 콩만 있어야지 웬 옥수수? 허벅지만큼 자란 옥수수를 확 뽑아버렸다. 그런데 그 옆에 또 있었다. 또 뽑았다. 어, 근데 저기 왜 또 있지?

뭔가 느낌이 싸했다. 하지만 칼을 뽑았으면 썩은 무라도 잘라야 한다. 결국 밭에 있는 옥수수를 다 뽑아버렸다. 그런데 뽑으면 뽑을수록 이 옥수수들이 줄 맞춰 자라는 것 같고, 누군가 심은 것 같다는 느낌이 강하게 들었다. 나는 시킨 일과 시키지도 않은 일을 마치고 집으로 줄행랑을 쳤다. 얼마 뒤 아버지에게서 전화가 왔다. "효원아!" 그냥 이름을 부르는데 아버지의 어두운 표정이 느껴졌다.

"네가 옥수수 뽑았니?"

"네? 그거 심은 거예요?"

"그럼, 심지도 않은 옥수수가 그렇게 줄 맞춰 자라겠니?"

이번엔 더덕 사건과 달리 피할 길이 없었다.

"그냥 자란 줄 알고 뽑았어요. 죄송해요."

'아니야. 괜찮아'라는 말까지 기대한 건 아니지만, 짧은 침묵 뒤에 들려온 "알았다"라는 한마디가 마음을 무겁게 눌렀다.

어쩌면 아버지는 나를 내보내지 못한 걸 후회하고 있는지도 모르겠다.

고추를 심고 얼마 지나 부모님이 무슨 작업을 했다.

"저는 뭐 해요?"

"응, 방아다리 밑에 있는 잔가지 떼라."

방아다리? 나는 부천댁을 복덩이로 만든 하늘다리는 알아도 방아다리는 알지 못했다. 전과도 있고 하여 여기서 물러나면 "그럴 거면 그냥 나가라"는 소리를 들을 것 같아 눈대중으로 따라 하는데, 어머니가 말했다.

"거기 말고 밑에서 줄기가 처음 갈라지는 Y자 있잖아. 방아다리 모르니?"

"…."

며칠 지나 아버지가 콩 북주러 가자고 전화했다. 콩밭에 도착한 나는 아무것도 하지 못했다. 전화 받고 밭에 도착하기까지 시간이 너무 짧아 '북'이 뭔지 검색할 겨를도 없었다. 식당에서 계산하기 싫어 신발 끈 묶는 심정으로 허리를 숙였는데, 하필이면 장화를 신고 왔다. 아버지의 저 눈빛이 나를 의심하는 건 아닐 거야. 뿌리를 흙으로 덮고 잘 자라라 토닥토닥해주는 작업이 북주기란 걸 그날 알았다.

수지타산

농촌에 뿌리를 내릴 줄 알았더라면 고등학생 때 '상업' 말고 '농업'을 가르쳐달라고 우겼을 텐데…. 뭐, 이제는 다 까먹은 수학 함수를 처음부터 알았던 것은 아니니까 시간이 지나면 차차 나아지겠지…. 처음에 아파서 내려왔을 때는 아무 일도 안 시켰는데, 농촌에 살기로 마음먹고 결혼해 아이를 낳으니 점점 일이 많아졌다. 농사 지식이 조금씩 늘어날 무렵, 마음에 또 다른 고민이 생겼다.

11월 중순, 김장을 얼마 남겨놓지 않았는데 늦가을 기온이 뚝 떨어졌다. 서리를 맞으면 땅 위의 대부분 식물이 그날로 얼어 죽는다('서슬 퍼런'과 '된서리'란 말이 짝을 이루는 이유를 내려와 직접 보고서야 알았다). 이미 체감온도는 영하로 떨어진 저녁, 배추를 '갑바'(천막)로 덮으러 갔다. 바람은 또 어찌나 심하게 부는지 얼어붙은 손으로 겨우 잡아당기고 땅에 묻었다.

낮에는 해를 봐야 하니까 다음 날 아침에 다시 벗겨내고 저녁에 또다시 덮었다. 으스스 몸을 떨며 집으로 돌아오는 길에 이런 생각이 들었다. '만약 날씨가 추워지지 않았다면 천막을 덮는 일은 하지 않았을 거야. 어제오늘 일은 배추를 키우는 데 반드시 필요한 작업은 아니란 말이지. 즉, 안 해도 될 일이야. 안 해도 될 일을 한다고 해서 배추가 두 배로 커지는 것도 아니

잖아. 뭐지, 이 찜찜함은?'

　일주일간의 김장 캠프가 끝나고 돼지고기 수육, 서리 안 맞은 배추 보쌈에 소주 한잔 하면서 피로를 싹 풀었다. 그런데 마음속 찜찜함은 여전히 남았다. 도시 생활을 할 때는 많고 적고를 떠나서 시간은 대체로 수입과 비례했다. 하지만 농촌에서는 일과 돈이 딱딱 맞아떨어지지 않는다. 주변에 있는 풀을 여러 번 깎아 말끔한 밭을 만든다고 해서 콩이나 옥수수가 그만큼 더 나오는 것은 아니다.

　동네를 다니며 여러 논과 밭을 보면 사람의 생김새처럼 모양이 제각각이다. 농부의 손이 얼마나 닿았는지는 어렵지 않게 알 수 있다. 하지만 가을걷이 때 보면, 태풍 피해나 수해만 없다면 수확량은 거기서 거기다(태풍이 심하게 지나가면 부지런한 농부가 아무리 열심히 일해도 피해를 막을 방법이 없다). 노동과 결실이 일대일로 대응하지 않는 농촌의 현실을 받아들이기 어려웠다.

　해마다 농사일을 도우러 오는 아버지의 지인이 있다. 봄에 모내기할 때 아버지가 운전하는 이앙기에 모판을 실어주고 잠시 짬이 나면 둘이 이런저런 대화를 나눈다.

　"안 맞아!"

　"네? 뭐가요?"

　"농사는 수지타산이 안 맞는다고! 몇 사람이 온종일 이렇게 일하는데, 여기서 나오는 게 얼마라고?"

난 별 대답 없이 그냥 웃었다. 그 말이 틀려서가 아니라 얼마 전까지 같은 고민을 했기 때문이다.

햄릿의 결심

농사 지식은 부족하고, 풀리지 않는 의문도 있고 하여 당분 간 생각을 멈추기로 했다. 그냥 하루하루 주어진 일에 최선을 다하는 것이 지금으로서는 최선이다. 아버지는 머리이고, 나 는 몸이다. 몸은 그냥 열심히 굴리면 된다. 그런데 머리가 사라 졌다. 아버지는 2015년 관인농협 조합장이 되어 논밭이 아닌 사무실로 출근하게 되었다. 믿을 거라곤 아직 덜 회복된 몸뚱 이밖에 없는 몸은 순식간에 길 잃은 양이 되었다.

집 근처 밭에서 일할 때는 어머니와 협업하여 어떻게든 해냈 다. 문제는 차로 15분 거리에 있는, 우리 농사의 중심인 논에 서는 혼자 일해야 한다는 점이었다. 아버지는 출근 전에 오늘 의 과업을 내렸다. 어떻게 해야 할지 몰라 방법을 물어보면 항 상 같은 답이 돌아왔다. "대충 해. 가서 보면 알아!" 아들이 무 식한 건지 아버지가 무책임한 건지, 가서 봐도 모르는 게 많 았다.

처음 논에 제초제를 줄 때의 일이다. 설명서에는 300평에 한 병씩 주라고 쓰여 있었다. 오늘의 작업량은 총 1만 평이 넘는

다. 아버지는 "그냥 약통에 다 붓고 대충 주면 돼"라고 했지만, 천성이 섬세(혹은 소심)한 나는 행여 어떤 논에는 많이 들어가고 어떤 논에는 덜 들어갈까 봐 논별로 크기를 계산해서 주었다. 그것도 처음에 너무 많이 주면 나중에 부족할까 봐 조금씩 주느라 같은 논을 몇 바퀴씩 돌았다. 아버지가 두 시간이면 할 일을, 나는 밥도 안 먹고 허벅지까지 빠지는 논에 들어가 종일 걸었다.

논에 적당한 물 높이를 맞추는 일도 쉽지 않았다. 도대체 물꼬의 높이를 얼마나 올려놔야 우리 벼들이 행복할까? 낮으면 큰 놈들이 얕다고 싫어할 테고, 높이면 작은 놈들이 물에 잠길 텐데…. 흙을 올렸다 내렸다, 앉았다 일어났다, 갔다가 돌아왔다… 그렇게 나는 논두렁 햄릿이 되었다.

찰리 채플린이 "삶은 가까이서 보면 비극이고, 멀리서 보면 희극이다"라고 말했다지. 그즈음 우리 동네에 이런 소문이 났다. "조합장 아들이 아주 성실해. 하루 종일 논에 있어!" 논두렁 햄릿이 성실한 농부로 등극하는 순간이다. 벼에 붙은 핑크색 물체가 우렁이 알이라는 것도 몰라서 떼어버리고, 벼가 무슨 병에 걸린 건 아닌지 심장이 철렁한 나인데…. 그 후로도 논은 나를 쉽게 놔주지 않았다.

논에 오래 머물며 많은 걸 보았다. 벼에 맺힌 아침 이슬에 햇빛이 반짝 비치면 그 어떤 보석보다 예쁘다. 파란 가을 하늘 아래 펼쳐진 황금 들녘은 자연이 그린 한 폭의 거대한 수채화다. 또 많은 걸 배웠다. 한 줌의 흙으로 2천 평 논의 수위를 높일 수 있다. 버려진 작은 비닐 조각으로 물길을 막아 벼를 살게 할 수도 있다. 바보도 이런 바보가 또 없고 시간이 돈이 되지도 않지만, 햄릿은 결심했다. 흙에 살어리랏다!

5

삼율리 동물농장

 햄릿도 시간이 지나며 기술이 늘었다. 이제는 트랙터를 몰고 논 로터리도 친다. 온종일 홀로 논에 있으면 심심할 것 같지만 그렇지 않다. 트랙터 주변으로 백로 떼가 몰려들어 보는 재미가 쏠쏠하다. 논바닥에 숨어 있는 미꾸라지를 입에 물고 날아가는 백로의 모습을 보노라면 〈경이로운 자연의 세계〉가 따로 없다. 백로는 새하얗기만 한 줄 알았는데 눈에 짙은 스모키 화장을 하고 있다. 빨강, 파랑, 노랑 등 저마다 색깔도 다양하다.

 내가 사는 마을, 삼율리에는 여러 동물이 산다. 날이 더워져 창문을 열고 저녁을 먹을 때 일이다. 밖에서 "학씨! 학씨!" 하는 괴성이 들렸다. 흡사 정신줄을 놓은 여인네가 크게 소리를 지르는 듯했다. 소리가 점점 커지기에 찜찜한 마음으로 창문을 닫고 다음 날 어머니에게 물었다.

"이 동네에 정신 나간 사람 있어요?"

"아니, 왜?"

"이상한 소리가 들려서요."

"아, 그거 고라니야."

내가 밭에 직접 씨를 뿌리기 전까지 고라니는 그냥 예쁜 짐승이었다. 그런데 농사를 짓기 시작하니 고라니가 그 괴상한 목소리처럼 반갑지 않다. 열심히 밭을 갈고 씨를 뿌리면 며칠 뒤 영롱한 새싹이 나온다. 자연과 농부의 환상적인 협업에 감탄사를 연발하는데, 다음 날 나가 보니 싹이 싹둑 잘려 있다. 고라니 짓이다. 밭에 발자국이 선명하게 남아 발뺌도 못 할 것이다. 처음에는 '그래 고라니야, 너도 먹고살아야지' 싶었는데, 점점 식사량이 늘어만 가니 욕이 튀어나왔다. 그래서 이제는 이름 뒤에 꼭 '새끼'를 붙여 부른다.

일과를 마치고 산책을 나섰는데, 어디선가 낑낑거리는 소리가 들렸다. 소리가 들리는 수로에 가보니 새끼 고라니가 빠져 있었다. 이번에는 수로 햄릿이 되었다. 이 여린 생명을 죽이느냐 살리느냐 그것이 문제로다.

지금 살려주면 우리 밭의 작물을 먹고 무럭무럭 자라서 더 많이 먹겠지. 새끼 고라니가 그때는 고라니 새끼가 되겠지. 새끼라도 낳으면 고라니 새끼 가족이 되겠지. 그렇다고 나의 콩을 살리기 위해서 이 작고 예쁜 생명을 죽일 수도 없다. 농부는 살리는 직업이지 죽이는 직업이 아니니까. 평소에는 잘 없는 측은지심이 발동했다. 집에서 고라니를 건질 소쿠리를 가져왔다. 수로에 들어가기 전 어린 짐승과 협상을 시도했다.

"야, 내가 지금 살려주면 너도 우리 콩은 살려줘야 해. 제비가 박씨를 가져오듯 네가 더덕씨를 물어 오는 것까지는 안 바란다. 그냥 우리 밭은 모르는 척 지나가라. 혹시 가능하면 네 가족에게 '여기는 생명의 은인이 농사짓는 밭이니 먹지 말자'라고 전해줘." 소쿠리에 담아서 건져주자마자 새끼 고라니는 쏜살같이 산으로 내뺐다. 그 이후로 행여나 고라니를 칠까 봐 밤길 운전은 천천히 한다.

이러면 안 '돼지'

산책로 만든다고 산에 오를 때 일이다. 높지도 않은 산 정상에 도착했을 무렵, 저 앞에 뭔가 움직이는 것이 보였다. 나 말고 또 누가 길을 만드나? 고라니는 인기척을 느끼면 먼저 내빼는데, 그것은 뭔가를 먹는지 한참 땅을 파고 있었다. 그러다 그것이 고개를 들어 서로의 정체를 확인한 순간, 양측 모두 '얼음'을 외쳤다. 멧돼지다. 소름이 끼쳤다. 얼마간의 눈싸움이 펼쳐지고, 둘은 약속이라도 한 듯 동시에 반대 방향으로 뛰었다.

멧돼지의 출몰 빈도는 고라니보다 훨씬 적다. 하지만 몸집이 크고 달리는 기세가 대단해서 현재로서는 가장 무서운 산짐승이다. 결혼 전에 옥수수밭에서 일하다가 나는 약속을 핑계로 서울로 내빼고, 못다 한 일을 어머니 혼자서 한 적이 있다. 그날 해가 질 무렵 등골이 오싹해 옆을 돌아보니 멧돼지가 옥수수를 먹다가 자기도 깜짝 놀라 논으로 내뺐다는 이야기가 전설처럼 내려온다.

멧돼지와는 이처럼 본능적 거리 두기를 하고 있었는데, 어느 날 그 크고 무서운 놈이 우리 논에 출몰했다. 첫날은 논둑을 조금 파헤쳤는데, 둘째 날은 50미터가량의 논둑이 아예 사라졌다. 윗논에서 아랫논으로 물이 흐르고, 고개를 숙이기 시작한 벼들은 진흙탕에 처박혔다. 멧돼지야, 이러면 안 되지. 너처럼 덩치 큰 놈이 지렁이 먹겠다고 땅을 쑤시면 되겠니? 저 논둑, 네가 삽질할 거야?

이날로 '새끼' 칭호를 얻은 멧돼지가 화장실 소독약인 크레졸 비누액을 싫어한다는 정보를 입수하고, 곧바로 약국으로 가서 소독약을 잔뜩 샀다. 약사가 놀라며 말했다. "화장실이 꽤 큰가 봐요?" 나는 답했다. "네, 멧돼지 놈이 싸질러놓은 똥이 제법 많네요." 작은 페트병에 물과 소독약을 넣고 뚜껑에 구멍을 뚫어 논 주변을 빙 돌며 땅을 파고 묻었다. 하필이면 비가 내려 서두르느라 내 몸에도 비누액이 잔뜩 묻었다.

집에 돌아왔을 때 아이들이 말했다. "아빠, 화장실 냄새 나!"

평소 껌딱지처럼 붙어 있던 애들이 내가 멧돼지라도 된 것처럼 주변에 얼씬도 하지 않았다. 그래도 멧돼지 덕분에 나는 성실한 농부 쿠폰을 하나 더 얻었다. 길옆에 있는 논이라 지나가는 차들이 많았는데, 쪼그려 앉아 비 맞으며 일하는 모습을 많이들 본 모양이다. 더럽게 고맙다, 멧돼지 새끼야.

이렇게 밉기만 한 멧돼지였는데, 이제는 좀 짠하다. 사람이 사라진 농촌에 기업형 돼지농장이 많이 들어섰다. 2019년 아프리카돼지열병이 유행하면서 멧돼지가 그 원흉으로 지목됐다. 수백, 수천 마리의 돼지가 산 채로 땅에 묻히고, 포수들은 밤낮으로 멧돼지 포획에 나섰다. 한밤중에도 탕, 탕 소리가 들렸다. 멧돼지야, 너도 살고 나도 살고, 우리 서로 만나지 말자!

춤추는 뱀

해마다 여름이 점점 더 뜨거워지고 있다. 한낮에는 당연히 일하기 힘들고, 새벽부터 나가도 아침 8시만 되면 땀이 뻘뻘 난다. 그런데 순식간에 온몸을 오싹하게 만드는 것이 있으니, 바로 뱀이다. 워낙 소리 없이 다니는 녀석이라 전혀 기척을 못 느꼈는데, 어느덧 옆에 와서 날름날름한다. 그럴 때면 땡볕에 있어도 등골이 서늘해지고, 순식간에 온몸에 소름이 돋는다.

어려서부터 뱀을 봐온 나도 이런데, 도시에서 살다 온 부천댁은 오죽할까. 어느 날 저녁 먹고 뒷문으로 쓰레기를 버리러 나가는데, 바로 앞에 뱀 한 마리가 똬리를 틀고 앉아 있었다. 예상치 못한 손님에 깜짝 놀랐지만, 아내와 아이들을 놀라게 할 수 없어 짐짓 의연한 척 행동했다. "너 잠깐 여기 있어. 집게 가져와서 멀리 던져줄게." 그러고는 서둘러 자리를 떠났다. 문을 열어놓은 채로….

내 체감상 빛의 속도로 집게를 가져왔는데, 뱀은 거기에 없었다. 주변을 샅샅이 살펴도 보이지 않았다. 이 녀석, 나의 위풍당당한 모습에 잔뜩 겁먹고 줄행랑쳤나 보군. 그렇게 상황은 종료된 줄 알았다.

다음 날 아침 비닐하우스에서 고추를 따고 있는데, 부천댁에게서 전화가 왔다. 보통 내가 일할 때는 전화를 잘 하지 않는 부천댁의 목소리가 다급했다. "오빠, 뱀이, 뱀이 춤추고 있어! 세탁기 위에서!"

밭에서 집까지 150미터도 안 되지만 한없이 멀게 느껴졌다. 그놈의 뱀 새끼가 대체 어디에 있던 거지? 살아만 있어다오, 부천댁! 집게를 든 나는 눈에 불을 켜고 다용도실로 들어갔다. 부천댁 말로는 돌아가는 세탁기 위에서 신나게 춤추고 있었다는데, 뱀은 보이지 않았다. 일단 건조기를 빼고 세탁기를 들추니 어제 본 녀석이 반쯤 정신이 나간 채로 날름거리고 있었다.

약간의 신경전을 벌이고 순식간에 집게로 목을 낚아챘다. 뱀은 몸을 격하게 흔들었지만, 나 또한 흥분 상태였기에 자비를 베풀 수는 없었다. 뱀을 애초 보내려던 곳보다 더 멀리 보내버렸다. 상황이 종료되었을 때 부천댁은 뱀보다 더 정신이 나가 있었다. 이사 가자고 하지 않은 게 다행이었다. 아무렇지 않은 척했지만, 집에서 뱀과 함께 하룻밤을 보낸 생각을 하면 지금도 아찔하다.

논둑에서 모판을 집어 들 때 뱀이 까꿍 하거나, 가을 산에서 도토리를 줍느라 엎드려 있을 때 가슴 바로 앞에서 뱀을 발견하면 시골의 고적함도 농촌의 무료함도 싹 사라진다. 삽으로 위협해도 꿈쩍 않고 오히려 살기등등하게 이빨을 보이는 독사, 내 팔뚝만큼 굵고 웬만한 아이보다 큰 구렁이를 만날 때도 있다. 그들은 나이가 들면서 세상의 이치를 깨달은 줄 알고 교만해지는 나의 고개를 절로 숙이게 한다.

나는 반딧불

집 옆에 커다란 소나무 여덟 그루가 있다. 수십 년 전 이 땅의 주인이 심어놓은 나무들은 다람쥐와 청설모의 놀이터다. 가끔 '쟤네들은 뭐 먹고 살까?' 궁금할 때가 있었는데, 그 호기심을 해결해준 사건이 있었다. 우리 집 근처에는 밤나무가 많다. 늦봄이면 밤나무에 눈이 쌓인 듯 밤꽃이 피고, 가을이면 밤이 후드득 떨어진다. 다 먹지도 못하지만, 줍는 재미와 나눠주는 재미가 좋아 가을이면 아침마다 밤을 줍는다.

그날도 큰 그릇을 들고 나가서 밤을 잔뜩 주웠다. 밤이 가득한 그릇을 현관 앞에 두고 다음 날 아침에 보니 그릇이 텅 비어 있었다.

"부천댁, 밤 치웠어?"

"아니요."

"얘들아, 밤 봤니?"

"아니!"

그렇다면 그 많은 밤은 대체 어디로 간 걸까? 누가 훔쳐 갔을까? 종일 고민한 끝에 색출한 용의자는 다람쥐와 청설모였다. 워낙 귀여운 녀석들이라 범인을 잡으려고 하지는 않았다. 그저 밤새도록 쉬지 않고 밤을 나르는 그 귀여운 발걸음을 상상하며 웃을 뿐이었다.

우리 집의 자랑은 반딧불이다. 뜨거운 여름이 지나가는 8월 하순, 시원한 바람을 쐬러 밤에 집 밖으로 나갔는데 푸르게 반짝이는 무언가가 날아다녔다. 반딧불이다. 어린 시절 흔하게 보다가 도시로 가면서 보지 못했는데, 녀석들과 30년 만에 재회했다. 반딧불과 함께 산다는 것에 괜히 마음이 우쭐했다. 식구들을 다 데리고 나와 반딧불을 보았다. 아이들은 태어나 처음 보는 반딧불에 감탄했다. 여보, 여기가 이런 데야. 뱀도 있고 반딧불도 있는!

매년 반딧불이 처음 나타날 때는 산 아래서 높이 난다. 그러다가 빛이 사그라질 때가 되면 집 근처로 내려온다. 한번은 조금씩 다가오는 그들을 보며 주문을 걸었다. 와라, 와라, 내게로 와라! 그러면서 손을 벌렸는데, 거짓말처럼 반딧불 한 마리가 손안에 들어왔다. 나는 집으로 들어가 전등을 다 끄고 우리만의 '반딧불꽃놀이'를 했다. 그 순간 우리는 모두 아이가 되었다.

삼율리 동물농장에는 이 밖에도 다양한 동물들이 산다. 봄이 왔음을 알려주려 밤새도록 우는 개구리, 가로등 아래 장군처럼 앉아 있는 두꺼비, 아무 기색 없다가 후드득 날아서 걷는 사람 놀라게 하는 꿩, 엉덩이를 실룩샐룩하며 걷는 너구리, 땅콩을 하도 야무지게 잘 까먹어 얄미운 두더지, 하늘에서 만나기만 하면 싸우는 까치와 까마귀, 가족 단위로 고고하게 걸어 다니는 두루미가 산다.

또 선두로 나서다가 지치면 맨 뒤로 가면서도 V자 대형을 유지하는 기러기, 살랑살랑 왈츠를 연주하는 나비와 가을 하늘을 수놓는 잠자리, 탈피할 때마다 한층 커져 있는 메뚜기와 사마귀, 웬 줄이 떨어져 있나 싶어 가보면 한창 행진을 하고 있는 셀 수 없이 많은 개미, 5미터가 넘는 나무 사이를 뛰어 날아 거미줄을 펼치는 거미…. 그래서 할 이야기도 많다.

나무 아래 기어가는 벌레를 보고 깜짝 놀랄 때가 있다. 그 색깔과 무늬가 하도 아름다워 비현실적으로 느껴질 정도다. 또 아주 작은 벌레를 보면 참 신기하다. 저토록 작은데 몸통과 다리는 물론이고 눈까지 선명하게 보인다. 논에 펼쳐진 물속 세상도 얕지만 무궁무진한 우주다. 그동안 경험은커녕 상상조차 못 해본 색깔과 모양과 크기의 생명체를 만나거나 자연 곳곳에 펼쳐진 작은 우주를 볼 때마다 내 지식의 하찮음을 느낀다. 아는 것보다 모르는 게 훨씬 많다. 잘난 척할 용기가 점점 사라진다. 그렇게 나는 작아지고, 자란다.

6
실패란 값진 경험

어려서 "잘한다, 잘한다" 소리를 들으며 자랐다. 시골 작은 학교에서 어렵지 않게 1등을 했고, 운동신경을 타고나 오징어 게임의 최종 생존자가 되었다. 입에 개구리를 넣고 있다가 반 여자애 앞에서 발사하는 녀석들과 같은 장난기는 없었다. 공부 잘하는 아들은 고된 농사일에 시달리는 아버지의 자랑거리였고, 말 잘 듣는 아들은 시부모 모시고 사는 어머니의 자랑거리였다.

초등학교 4학년 때인가, 윗동네 사는 친구 집에 게임기가 생겼다. 우리 동네 아이들은 매일 그 집으로 우르르 몰려갔다. 친구들은 주인장이 실컷 게임 하는 것을 구경하다가 한번 시켜주면 성은이라도 입은 듯 몸 둘 바를 모르고 게임을 했다. 나는 한 번 가고 더는 따라가지 않았다. 아이들이 무리 지어 큰길로 갈 때 혼자 샛길로 집에 왔다. 행여 어머니가 그런 아들의 모습을 알게 되면 가뜩이나 없는 살림이 더 속상할 것 같아 그랬다.

방학이라 서울 큰아버지 집에 놀러 간 적이 있다. 시골집에서 전화가 왔다기에 수화기를 전해 받으며 "전화 바꿨습니다"라고 말했다. 그 모습을 본 큰어머니는 "어린놈이 속에 뭐가 있어서 저렇게 어른스러워!"라며 크게 웃었다. 아버지가 상급 학교 진학을 포기한 것만큼은 아니지만, 나 역시 부모 눈치를 살피는 아이였다. '잘한다'에 익숙해진 나는 '못한다'는 소리를 듣기가 너무도 싫었다.

내가 처음 탄 자전거는 아버지의 짐 자전거였다. 성장이 느린 아이에게 너무나 컸지만, 나도 친구들처럼 자전거를 타고 싶었다. 안장에 앉지도 못하고 너구리처럼 엉덩이를 양쪽으로 실룩샐룩하며 발을 굴렀다. 행여나 돌부리에 걸려 넘어지면 무릎을 잡기보다 먼저 자전거를 살폈다. 어디 망가진 데는 없나? 이 자전거마저 없으면 내가 탈 수 있는 자전거가 없기 때문이다. 그때는 내 몸보다 물건이 더 귀했다.

한번은 게임 무리와 헤어져 샛길로 자전거를 타고 갔다. 아이들이 자꾸 인사하는 바람에 당당한 표정으로 뒤돌아보고 웃다가 그만 중심을 잃고 도랑에 빠졌다. 하필이면 거기에 아주 커다란 밤나무가 세 그루 있었고, 하필이면 밤송이가 다 떨어진 때였다. 아이들이 배를 잡고 웃었다. 하지만 웃음거리가 된 것도, 고슴도치가 된 것도 문제는 아니었다. 자전거만 무사하면 다 괜찮았다.

칭찬과 가난의 '환장의 콜라보' 덕분에 나는 철저히 선을 지키는 아이가 되었다. 행여나 선을 넘어 욕을 먹는 것이 싫었고, 나에게 허락된 유일한 기회를 잃는 것은 더 싫었다. 고등학교 3학년 때 상담하러 의정부에 온 어머니는 담임 선생님에게 이런 말을 들었단다. "효원이는 반에 없는 애 같아요." 칭찬이랍시고 한 말 같은데, 내가 그 시절 어머니 나이가 되어보니 곱씹을수록 쓰리다.

랙 걸린 장군이

처음 시골에 내려왔을 때 아버지가 하는 일 중 가장 마음에 안 든 것이 트랙터 운전이었다. 무슨 트랙터로 레이싱을 하는 것도 아니고 밭에서 드리프트를 한다. 천천히 주위를 살피며 할 수는 없는 걸까? 쾅! 아니나 다를까, 비닐하우스 기둥을 또 박았다. 아버지는 전혀 개의치 않고 빠른 속도로 일을 마치고 사라졌다. 기둥 파이프를 펴고, 찢어진 비닐을 붙이는 것은 언제나 내 몫이다.

그런 아버지가 내게 트랙터를 운전해보라고 했다. 나는 신속하고 단호하게 거절했다. 그때까지만 해도 '아버지, 농사를 앞으로 30년은 더 지어야 하는데 벌써 일하기 싫어서 요령을 부리나요?'라고 생각하며 아버지의 만수무강을 기원하는 효자의 마음이었지만, 실은 두려웠다. 베테랑 운전사인 아버지도 여기저기 부딪히는데, 초보인 나는 오죽할까. 낯선 환경에 나를 몰아넣기 싫었고, 잘하지 못하는 모습을 아버지에게 보여주기 싫었다.

이듬해 아버지는 아들 쓰라고 트랙터를 사 왔다. 그것도 아버지의 50마력 트랙터보다 30마력 더 강력한 녀석으로. 하아, 더는 물러날 곳이 없었다. 위풍당당한 트랙터에 '장군'이라는 이름을 붙여주고 "잘 부탁한다. 너만 믿는다"라고 말할 수밖에. 트랙터에 로터리를 다는데 잘하겠다는 마음이 너무 큰 나머지 연결 부위를 너무 깊숙이 넣어 디스크가 깨져버렸다. 장군이는 논보다 농기계 병원에 먼저 가야 했다.

이른 봄, 땅을 갈기 위해 쟁기를 달고 논에 갔다. 아버지는 이번에도 '적당히' 갈란다. 논 가운데를 가는 건 그리 어렵지 않다. 문제는 논둑 바로 옆이다. 조심한다고 논둑에서 거리를 두면 그쪽은 아예 일한 것 같지가 않다. 그렇다고 가까이 붙었다가는 조금만 잘못하면 순식간에 논둑이 움푹 파인다. 웬만한 소형 자동차보다 큰 쟁기를 다루는 일이 쉽지 않았다. 앞뒤로 왔다 갔다 우왕좌왕하던 장군이는 결국 논바닥에서 '랙(lag)'이 걸리고 말았다.

논을 가는 깊이도 문제다. 겉에서 보기엔 다 똑같아 보이는데, 물을 대고 로터리를 칠 때는 차이가 크게 느껴진다. 쉽고 편하게 일하려고 너무 얕게 갈면 효과가 덜하고, 무작정 깊이 갈면 다음 장비들이 논에 들어가서 일할 때 고생한다. 그래서 아버지는 모내기가 끝나면 논갈이 깊이에 대해 총평을 하곤 했다. 그런데 요즘은 그 평을 잘 안 한다. 나에게도 감이 생겼다고, 실력이 늘었다고 착각해도 되나요?

장군이에 올라 백로와 함께 논에서 시간을 보내며 생각했다. 논둑을 좀 망쳐도 되는구나. 망가지면 다시 고치면 되니까! 나에게는 부족한 실력도 있지만 그것을 만회할 시간도 있다. 그 동안은 나에게 단 한 순간이라도 불완전한 상황이 생기면 그렇게 불안했는데, 이제는 좀 달라졌다. 오늘 세상이 끝나는 건 아니니까 일 한 시간 더 하고 망가진 거 고치면 그만이다. 고치면 논둑은 더욱 단단해진다.

잊어!

몇 년 전 김장할 때 쓰려고 무 써는 기계를 샀다. 아버지가 어디서 신문물을 보고 충동구매한 물건이다. 1년에 단 한 번, 그것도 고작 15분쯤 사용하는 기계가 150만 원이라니 비싸기도 하다. 하지만 김장 전날에는 일주일간 온갖 재료를 준비하느라 절인 배추처럼 피로에 절어 있는 온 가족이 밤늦게까지 무를 썰지 않아도 되니 이런 일꾼이 또 없다. 또 평생 써먹을 물건이니 오래 잘 쓰면 충분히 본전을 뽑을 수 있다.

이 신박한 물건이 소문이 안 날 리가 없다. 윗동네 사는 친척 집에서 대여를 요청했다. 수십 년 전 우리 집이 가난할 때 소를 빌려준 고마운 친척이라 흔쾌히 빌려주기로 했다. 문제는 배달을 내가 해야 한다는 점이었다. 당시 나는 콩을 털고 있었고, 해는 서산으로 뉘엿뉘엿 지고 있었다. 오늘 안에 일을 끝내야 해서 마음이 급했다. 금방 갔다 오겠다고 서두르느라 평소처럼 지나치게 튼튼하게 묶지 못했다.

혼자 트럭에 싣기가 어려울 만큼 무거운 물건이라 별일 없을 줄 알았다. 하지만 마을을 지나 큰길에 접어들려고 우회전하는 순간, 뒤에서 와장창 소리가 들렸다. 갓길에 차를 멈추고 보니 집에 온 지 일주일도 안 된 기계가 아스팔트 위에 내동댕이쳐져 있었다. 다리가 가볍고 머리가 무거운 것을 생각지 못하고 급한 마음에 커브 길을 너무 빠르게 빠져나왔다.

친척 집에 도착해 전원을 연결하니 덜덜덜 뭔가 심상치 않은 소리가 났다. 떨어질 때 충격으로 나사가 풀려 회전 원판이 기계 본체에 닿은 것이다. 어떻게든 해결해보겠다고 손을 댔다가 날카로운 칼날이 파고들어 손에서 피가 주르륵…. 다행히 기계는 만신창이가 된 몸으로도 본연의 임무를 마치고 집으로 돌아왔다. 신문물에 신나 있던 아버지의 표정이 안 좋았다. 그리고 곧바로 제조사에 전화를 걸었다.

수리비 50만 원. 어떻게든 그냥 써볼 방법을 찾는 나와 달리 아버지는 빠르게 AS를 신청했다. 몇 주 뒤 돌아온 기계는 상처는 조금 남았지만 아주 건강한 모습이었다. 아버지는 말했다. "기계가 삐걱대는 모습을 보면 내년도 내후년도 속상할 거야. 그냥 돈 주고 고치면 되지. 지금은 아무 문제 없잖아? 이제 잊는 일만 남았어. 잊어! 비싼 김치라고 생각하고 맛있게 잘 먹으면 되지 뭘 그래?"

손가락 상처가 아물었듯이 이듬해에 그 기계를 보고도 속상하지 않았다. 문득 아버지도 처음부터 단단한 사람은 아니었겠다는 생각이 들었다. 온몸에 수많은 상처를 얻고, 논과 밭에 수많은 상처를 내면서, 그리고 상처가 아물고 또 상처를 아물게 하면서 지금처럼 단단해지지 않았을까? 한 번의 실수, 한 번의 실패로 인생이 망하지 않는다는 사실을 너무 늦게 안 듯해 아쉽지만, 이제라도 알았으니 다행이다.

토닥토닥

봄에 볍씨의 싹을 틔우는 일은 언제나 긴장된다. 싹이 잘 터야 모가 건강하고, 모가 건강해야 벼가 잘 자란다. 모판 위에

씨를 뿌리는 못자리 작업 일주일 전에 볍씨를 물에 담그고, 사흘 전부터 물을 가열해 싹을 틔운다. 싹이 얼마나 나왔는지 확인하는 것은 아버지의 일이지만, 그 기계를 작동하고 관리하는 것은 내 몫이다. 몇 해 전부터 해온 일이라 별달리 신경 쓰지 않고 물을 데우기 시작했다.

기계가 이상하다고 아버지에게서 연락이 왔다. 수온이 너무 높다는 것이다. 속으로 그럴 리 없다고 생각했다. 기계는 웬만해서는 문제를 만들지 않는다. 사람이 잘못 다루거나 잘못 보는 경우가 태반이다. 이번에도 아버지가 잘못 알았으리라 생각했다. 그런데 가서 보니 이상하기는 했다. 수온이 지나치게 높았다. 옆에 온도조절기가 떡하니 있는데 대체 왜지? 열기가 빠져나가지 말라고 비닐로 물을 덮어서 그런가?

비닐을 치우고 몇 시간 더 지켜보기로 했다. 그런데 기대와 달리 온도는 더 높아졌다. 볍씨는 뜻밖의 온천욕을 만끽하다가 더는 못 버티겠다며 소리 없는 아우성을 치고 있었다. 문제는 나였다. 내가 가열기 플러그를 온도조절기가 아닌 일반 콘센트에 꽂아 가열기가 쉬지 않고 일했기 때문에 벌어진 일이었다. 이번에는 볍씨 햄릿이 되었다. 이게 죽었을까 살았을까 그것이 문제로다. 싹이 나온 것도 있고 안 나온 것도 있다. 1년 농사가 달린 문제라 울고 싶은 마음마저 들었다.

못자리는 많은 사람이 필요한 일이다. 그래서 아들, 손주, 며

느리는 물론이고 지인들까지 총집합한다. 논을 갈기 전부터 못자리 날짜를 잡고 돕는 손길의 일정을 맞춘다. 그렇기에 작업을 나흘 앞두고 갑자기 날짜를 바꾸기란 쉬운 일이 아니다. 하지만 아버지는 빠르게 결정했다. "다시 하자!" 아버지가 새 볍씨를 구하러 다니는 동안 나는 고열로 고통받은 볍씨를 땅에 고이 묻었다.

새 볍씨를 물에 담그고는 전화통에 불이 나도록 연락을 돌렸다. 아버지는 그냥 "볍씨가 잘못됐다"고 했고, 나는 "내 잘못"이라고 했다. 못자리 날짜가 토요일에서 월요일로 바뀌었는데, 다행히 애초에 온다고 한 사람들은 일정을 조정하고 휴가를 내서 거의 다 왔다. 일을 무사히 마치고 나의 바보짓을 고백했을 때 사람들은 말했다. "괜찮아. 오늘 할 수 있으면 된 거지. 토요일엔 비가 와서 더 힘들었을 거야."

이것은 귀향 15년 차가 된 작년 4월의 일이다. 그동안 많은 실수와 실패를 경험하면서 그 어둡고 무거운 시간이 진정으로 나를 단단하게 만든다는 교훈을 얻었다. 나이를 먹고 일하는 햇수가 쌓이면서 이제 좀 나아졌나 싶었는데도 여전히 실수투성이다. 인생의 단계마다 피할 수 없는 실패가 있는 것 같다. 이제는 실패가 두려워 넓은 세상으로 나아가기를 두려워하지 않을 것이다. 잠들기 전, 나는 오늘도 실수한 나를 토닥인다.

7
위원장 라이프

　2013년 여름, 내 세상이 한 뼘은 넓어졌다. 첫째 재인이가 태어난 것이다. 밤 9시에 부천댁이 진통을 시작했는데, 병원을 향하는 길에 신호는 왜 그리도 많던지…. 며칠 뒤 갓난아기를 태우고 집으로 돌아오는데, 과속방지턱은 어쩌면 그리도 많던지…. 내가 사는 관인면은 면적으로만 따지면 서울의 두세 구를 합쳐놓은 것보다 크다. 그런데 8월생인 첫째가 그해 기록된 두 번째 출생아였다.

　큰애를 낳을 때는 산부인과를 의정부로 다녔다. 도시에서 내려온 아내에 대한 배려라면 배려였다. 2년 후 작은애가 생겼을 때 부천댁은 포천병원으로 가자고 했다. 재인이를 데리고 멀리 다니는 것이 부담스러웠다고 하는데, 그새 그녀도 '포천화'가 되었다. 둘째 은산이는 그렇게 포천의 아들이 되었다. 분만

하고 퇴원할 때 내는 입원비는 의정부 산부인과의 반의반도 되지 않았다.

첫째를 출산하고 부천댁은 집에서 산후조리를 했다. 도우미가 집에 와서 아내와 아기를 돌봤다. 둘째 때는 산후조리원에 들어갔다. 아무래도 아기가 있는 집에서 몸을 잘 추스르기는 어려웠다. 그때 재인이는 엄마와 첫 이별을 했다. 아기가 하도 영특하여 말도 잘했는데, 다른 말은 다 잊고 "엄마, 엄마" 소리만 했다. 조리원에 모자를 데리러 갔을 때 '짠!' 하고 나타난 부녀의 꼬질꼬질한 모습을 부천댁은 잊을 수 없다고….

두 아이의 아버지가 되자 나의 일상이 점점 더 넓어졌다. 별다른 건 아니고, 아이들을 데리고 도시 키즈카페 투어에 나섰다는 말이다. 그때 한창 키즈카페 붐이 일었는데, 내 아이들은 나처럼 산만 보고 자라게 하고 싶지 않았다. 도시물도 좀 먹이고 싶었다. 나는 키즈카페에 가서도 아이들과 열심히 놀았다. 그렇게 놀다 보면 내 주변에 열 명의 아이들이 몰려와 있었다. 심지어 "아빠"라고 부르는 아이도 있었다.

재인이는 네 살 때 어린이집에 갔다. 더 늦게 보내고 싶은 마음도 있었지만, 나도 살고 싶었다. 입학식 할 때 뒤를 쳐다보지도 않고 앞만 바라보는 아이의 뒷모습이 좀 애틋하기는 했지만, 내 품에는 은산이가 있었다. 조금도 미안하지 않았다. 며칠 뒤 어린이집에서 전화가 와서 운영위원을 하지 않겠느냐고 물었다. 아이 봐주는 것도 고마운데 그 정도는 해야지. 별다른 고민 없이 바로 승낙했다.

어린이집 운영위원은 어렵지 않았다. 두세 달에 한 번씩 회의에 참석해 "좋습니다"만 연발하고 오면 됐다. 그런데 회의에 가면 항상 재인이가 "돼지 아빠다!"라면서 달려왔다. 그러자 다른 아이들도 모두 "돼지 아빠!" 하며 달려들었다. '이놈의 인기' 싶었지만, 그 호칭이 자연스러웠음은 나중에 사진을 보고 알았다. 육아 스트레스를 풀기 위해 밤마다 핫도그 먹고 맥주 마시는 재미에 푹 빠져 있던 때였다.

얼마든지 해드리지요

재인이와 은산이는 당연히 내 후배가 될 줄 알았다. 우리 집 가까이 있는 중리초등학교, 부모님의 추억이 서리고 내가 뛰어논 그곳에서 아이들이 꿈을 키울 거라고 생각했다. 교무실 앞 게시판에 졸업생 사진이 붙어 있는데, 3대의 졸업사진이 동시에 붙어 있으면 얼마나 뿌듯할까 상상했다. 하지만 재인이가 입학하는 2020년에 예상치 못한 일이 발생했다.

중리초등학교에 입학생이 재인이 혼자였다. 어린이집을 네 명이 함께 다녔는데, 세 명은 7킬로미터 떨어진 관인초등학교에 간다고 했다. '혼자 입학하면 오히려 일대일 과외를 받으며 잘 배울 수 있을 거야'라고 생각해 아이를 설득했지만, 딸아이는 단호했다. "혼자 가기 싫어!" 그래서 아이는 친구들을 따라 관인초등학교에 입학했다. 그때 마을에서 곱지 않은 시선을 받았지만, 나는 아이의 편이 되기로 했다.

관인초등학교라… 나로서는 좋은 기억이 별로 없다. 중학교 시절, 그 학교 출신 친구들은 항상 중리초등학교 나온 아이들을 무시했다. 우리 학년 기준으로 보면 관인초 85명 대 중리초 15명. 싸움 잘하는 놈도 관인초 출신이고, 공부 잘하는 놈도 관인초 출신이었다. 버스를 타고 다니다 보면 관인초등학교가 그렇게 커 보일 수 없었다. 그런데 오전, 오후반에 천 명이 넘었던 학교도 40년이 지나 재인이가 입학할 때는 40명의 학생만 남았다.

새 학기가 시작되는 3월이면 원생에서 학생으로 넓은 세상으로 나아갈 줄 알았던 재인이는 코로나19의 대유행으로 5월 27일에야 처음 학교에 갔다. 좋은 거 많이 배우라고 하루라도 빨리 아이가 학교에 가기를 바랐던 나에게 그 3개월은 지긋지긋하게도 느리게 갔다. 하지만 교과서며 가정통신문이며 간식까지 집으로 배달해주는 선생님을 보며 간신히 마음을 추슬렀다. 또 진짜 개학 후에는 하루 종일 마스크를 쓰고 있는 아이를 보고는 마음이 짠했다.

며칠 뒤 학교에서 전화가 왔다. 학교 전화번호가 '운영위원해주세요'로 보였다. 뭐, 얼마든지 해드리지요. 선생님들이 위원회 구성과 운영에 속 썩지 않고, 아이들을 위해 조금 더 마음을 써주신다면 말입니다. 그렇게 운영위원 4년, 학부모회 회장 2년을 하고 물러났다가 지난해부터 다시 운영위원회 부위원장과 학부모회 부회장을 동시에 맡고 있다.

이 끝없는 '위원장 라이프'에 누구는 나의 '바짓바람'이 센 줄 안다. 하지만 나는 명예욕이 없고(심히 귀찮다), 심지어 내향형 인간이다(혼자 노는 게 제일 좋다. 술 먹을 때 빼고). 다만 아이들이 적어 학부모가 많지 않은 상황에서 일 때문에 역할을 할 수 없는 학부모들이 많기에 할 수 있는 내가 그냥 하는 거다. 위원장이 되고 싶은 이들이여, 아이를 관인초등학교로 보내라! 원한다면 이곳은 종신 회장도 할 수 있는 곳이다!

전교생 물놀이

누나가 코로나19와 맞서 싸우며 학교에 다니는 동안 은산이는 지역 유치원을 지키느라 고군분투했다. 관인어린이집을 잘 다니고 있었는데 중리초등학교 병설유치원에서 스카우트 제의가 들어왔다. 아이가 특별히 총명한 것도 있지만, 사람이 없어서…. 그래서 둘째는 36년의 시간을 건너 나의 유치원 후배가 되었다. 오직 두 아이만 나란히 누워 낮잠을 자는 사진은 더

없이 귀여웠다.

하지만 유치원생은 더 이상 늘지 않았고, 2020년 두 아이의 졸업을 끝으로 중리초등학교 병설유치원은 휴원했다. 은산이는 누나와 함께 학교 버스를 타고 관인초등학교 병설유치원에 갔다. 처음에는 두 배가 넘는 아이들 사이에서 부대끼기도 했지만, 어린이집의 추억을 떠올리며 금세 적응했다. 하지만 관인유치원도 더 이상 들어올 원생이 없어 2022년 노란 대문을 닫았다.

2년 사이에 두 개의 유치원 문을 닫은 은산이는 씩씩하게 초등학교에 입학했다. 남자 둘, 여자 둘, 조촐하기 짝이 없지만, 전교생이 서른 명도 안 되지만, 수줍음 많은 아이는 학교생활에 만족했다. 이 무렵 나는 운영위원을 하면서 동시에 학부모회 부회장이 되었다. 학부모회는 교육청에서 예산이 나와서 '어떻게 하면 아이들을 위해 잘 쓸까' 하는 행복한 고민에 빠졌다.

학생들에게 필요한 물품이나 선물은 학교 예산으로 다 하고 있으니, 그때 떠오른 아이디어가 전교생 물놀이였다. 여름 방학 즈음하여 대형 에어바운스 물놀이장을 빌려 학교 뒤뜰에 설치했다. 커다란 풀장에 물이 차는 모습을 보면서 아이들은 흥분했다. 일주일 넘게 날씨 걱정을 하던 나는 며칠 전부터 학부모들에게 전화를 걸어 관인 워터파크에 놀러 오라고 했다.

둠칫둠칫! 흥겨운 케이팝 아이돌 음악이 울려 퍼지고, 아이들은 노래보다 더 크게 소리를 지르며 물속을 뛰어다녔다. 학부모 여럿이 안전요원 역할을 했는데, 어느덧 아이들과 함께 물놀이를 즐기고 있었다. 점심 먹고 바로 시작한 물놀이는 하교 시간이 지나도 끝날 줄 몰랐다. "좀만 더 놀다 가면 안 돼요?" "안 돼, 학교 버스 출발할 시간이야!" 평소 100미터만 걸어도 화를 내는 아이들이 이날은 집에 걸어가겠다고 했다.

전교생 물놀이는 관인초등학교의 가장 큰 여름 행사가 되었다. 지금도 그날을 생각하면 뜨거운 태양보다 파란 하늘과 시원한 물놀이가 먼저 떠오른다. 아이들은 친구들과 함께하는 물놀이를 시설 좋은 워터파크에 가는 것보다 더 좋아한다. 재인이와 은산이도 그 어떤 수영장을 갈 때보다 표정이 좋았다. 부모들은 "아이고, 삭신이 쑤신다" 하면서도 작년 여름 역시 관인 워터파크를 개장했다. 이웃에 있는 관인어린이집 아이들도 와서 함께 놀았다. 작아서 가능하고, 작아서 더 해주고 싶다.

귀한 사람

2024년 포천교육청으로부터 중리초등학교와 관인초등학교의 통폐합 관련 회의에 참석해달라는 연락을 받았다. 드디어

올 것이 왔구나! 오랫동안 두 학교의 통폐합 이야기가 있었는데, 나는 한 걸음 물러나 있었다. 중리초등학교 출신으로 관인초등학교 운영위원을 하고 있기에 어느 편에도 설 수 없었다. 하지만 중리초등학교에 학생이 줄어 더는 학교를 유지할 수 없는 상황이었다.

포천시청, 교육청 관계자와 두 학교 교사, 학부모가 모였다. 상황은 이미 모두 다 알고 있기에 관인초등학교에 아이들을 위한 어떤 시설을 만들지가 화두로 떠올랐다. 나는 실내체육관 건립을 요청했다. 전교에 남자아이가 열 명도 안 되는 상황에서 아이들은 그 넓은 운동장에서 3 대 3 축구를 했다. 땡볕에서 땀을 뻘뻘 흘리며 무늬만 축구인 달리기를 하는 아이들을 보면 마음이 짠했다.

관계자들은 난색을 표했다. "학생이 많지 않은 상황에서 많은 예산을 투입할 수 없다"는 논리였다. 가만히 듣고 있자니 슬슬 부아가 치밀었다. 최대한 감정을 억제하고 낮은 목소리로 말했다. "얼굴이 새카매지도록 뛰는 아이들에게 작은 체육관 하나 만들어줄 수 없습니까? 아이들이 없다고 그냥 방치해둔다면 누가 이 학교에 오고 싶겠습니까? 어쩔 수 없다고요? 차라리 버리겠다고 선언하십시오. 그러면 받아들이겠습니다!"

매년 새 학기가 되면 시골에서는 신입생 구하기 전쟁이 펼쳐진다. 관인어린이집을 나온 아이들이 철원에 있는 학교로 가기도 한다. 그들을 설득하는 데 내세울 것이 없어 자꾸 작아지는 학교 관계자들을 보면 속상하기 그지없다. 관인초등학교가 언제까지 문을 열지는 아무도 모른다. 다만 한없이 쪼그라들다가 맥없이 사라지기보다는 끝까지 아이들의 웃음꽃을 피워주면 좋겠다. 이것은 비단 우리 동네만의 문제가 아니기 때문이다.

2024년 포천시는 '교육발전특구 시범지역'으로 선정됐다. 포천시장과 학부모 간의 간담회에서 나는 영어 원어민 교사를 요청했다. 덕분에 10여 년 만에 관인에 다시 원어민 교사가 생겼다. 35년 전 훈련 나온 미군에게 초콜릿을 얻기 위해 배를 잡고 "아임 헝그리!"를 연기했던 나와 달리 재인이와 은산이는 켈리 선생님에게 영혼이 담긴 'hungry'를 배우고 있다. 좋아져라, 좋아져라, 나보다 조금 더 좋아져라!

2024년 봄, 관인면에 딱 두 개 있던 어린이 보호구역 중 하나가 사라졌다. 중리초등학교 운동장에서 아이들 뛰어노는 소리가 더 이상 들리지 않는다. 얼핏 보면 어른이 어린이를 보호하는 것 같지만, 자세히 들여다보면 아이들이 생기를 잃어가는 지역을 지키고 있다. 공부 좀 못해도, 말 좀 안 들어도 괜찮다. 여기에 이렇게 있는 것만으로 귀하다. 우리 마을은 작아지는 게 아니라 귀한 사람을 만드는 중이다.

8

벼농사, 나의 변호사

홍콩에 사는 대학 후배가 있다. 졸업 후 거의 20년 만에 연락이 와서 포천 일동에 있는 캠핑장에서 만났다. 그녀는 여전히 유쾌했고, 시골에 사는 나를 따뜻한 시선으로 바라보았다. 다시 한국에 올 일이 있어서 서울에서 만나기로 했는데 남편이 그랬단다. "포천에서 변호사 하는 사람?" 후배는 잠시 상황 파악이 안 돼 망설이다가 이내 웃음을 터뜨렸다고 한다. "변호사가 아니라 벼농사!"

중학생 때 영화 〈어 퓨 굿 맨〉의 톰 크루즈를 보고 '나도 법으로 세상을 의롭게 해볼까?' 하는 생각을 아주 잠시 해봤다. 하지만 치열하게 공부할 자신이 없었고, 법보다 영화가 더 좋았다. 돌이켜보면 한번 해볼 수도 있지 않았을까 싶다. 아홉 번 시험 보면, 인성은 책임 못 지지만, 못 할 게 무어냐! 어쨌든 나는 변호사는커녕 2024년 12월까지는 법에 1도 관심이 없는 평범한 농부였다.

벼농사는 3월 중하순에 시작한다. 김장 전에 심어놓은 마늘은 비닐로 이불을 잘 덮어주고 가끔 가서 노래나 불러주면 알아서 겨울을 난다. 즉, 12월부터 3월 초까지는 별다른 일이 없다는 말이다. 혹자는 '농부가 상팔자'라며 나를 부러워한다. 인정. 나는 영하 20도를 밑도는 여유로운 겨울을 오들오들 떨며 만끽하고 있으니! 그런데 그동안 깨달은 바가 있다. 농부의 수입은 결국 내 몸을 부리고 받는 품값이라는 것.

도시에서 여러 형태로 사는 친구들의 생활을 분석해본 결과, 나는 그들의 40~70퍼센트의 수입을 올린다. 겨울에는 통으로 놀고 여름에도 낮에는 일하지 않으니 낮은 수입을 기꺼이 받아들일 수 있다. 뜨거운 여름에 나 대신 열심히 작물을 키우는 땅과 하늘의 노력까지 내 몫이라고 주장할 수도 없다. 또 나의 소중한 친구들은 일에 쫓기고 사람에 치이며 얼마나 고단한 일상을 보내고 있는가! 옛날에 보릿고개 겪듯이 봄부터 여름까지 '카드고개'를 겪고 있지만, 매년 꾸역꾸역 잘 막아내며 산다.

친구들은 이러한 농부 친구의 사정을 훤히 알고 있다. 그래서 밥값은 비슷하게 내지만 비싼 걸 먹을 때면 항상 먼저 나가 계산한다. 그리고 내가 민망할까 봐 한마디 덧붙인다. "진짜 부자는 저놈이야. 땅이 얼만데!" 음, 내 땅이 얼마더라. 음, 적지 않군. 하지만 엄밀하게 말하면 내 땅이 아니다. 아버지, 어머니가 물려받은 거 하나 없이 맨손으로 일군 피, 땀, 눈물의 대가다.

언젠가 물려받게 되겠지만 나 또한 내 아이에게 물려줄 예정이기에 아버지의 땅은 나의 재산이 아니다. 그냥 내가 죽을 때까지 일할 수 있는 평생직장이라고나 할까? 요즘 은산이가 "할아버지랑 아빠처럼 나도 농사지어야 하지 않나?"라는 말을 가끔 하는데, 해도 좋고 안 해도 그만이다. 다만 농사를 짓지 않더라도 땅의 말에 귀를 기울이고 살면 좋겠다. 그게 너한테 좋으니까.

흔적 남기지 않기

논을 갈기 좋은 때는 겨우내 얼었던 땅이 '적당히' 녹았을 때다. 땅이 덜 녹으면 쟁기가 들어가지 않고, 너무 녹으면 트랙터 바퀴가 헛돌아 앞으로 나아갈 수 없다. 땅을 다 갈면 논에 물을 대는데, 한탄강 바로 옆에 있는 우리 논은 저수지에서 가장 멀리 있다. 수로를 통해 물을 대려면 다른 논이 다 찰 때까지 순서를 기다려야 하기에 우리는 퇴수로에 양수기를 설치해 물을 길어 올린다.

4월이 꽃 피는 봄이라 하지만 수로에 들어가 가을, 겨우내 쌓인 흙과 이물질을 청소할 때면 손발이 꽁꽁 언다. 하도 얼음장 같아 패딩을 입고 들어가도 30초 이상 물에 손을 담글 수 없다. 그래도 50미터 떨어진 논까지 연결된 호스에서 물만 잘 나오면 마음은 시원하니 좋다. 논에 물이 다 들면 트랙터를 타고 들어가 로터리를 친다. 제멋대로 생겨 먹은 흙덩이를 잘게 부수어 고르게 만드는 작업이다.

우리는 논마다 두 번씩 로터리를 치는데, 여기서 농부의 실력이 나온다. 15년간 농사를 지으며 깨달은 농부의 최고 덕목은 '흔적 남기지 않기'다. 논을 갈았는데 갈리지 않은 부분이 있다거나, 풀을 깎았는데 삐죽삐죽 높이가 안 맞는다면 실력이 부족하거나 정성이 부족한 것이다. 애초에 좋은 농부가 될 마음이 없으면 상관없겠으나, 하필이면 참고자료가 더없이 성실한 탓에 나도 잘하고 싶다.

논에 로터리를 치고 써레질(모내기 전 최종 정지작업)할 때 흔적을 남기지 않기란 쉽지 않다. 트랙터라는 장비가 워낙 커서 모서리에 항상 바퀴 자국이 남는다. 자국을 남기지 않으려면 먼저 흙을 잘게 부숴 죽처럼 만들어야 한다. 하지만 장군이의 힘이 좋다고 빠르게 가다 보면 흙덩어리가 그대로 남는다. 빠르게 달리고 싶은 충동을 자제하기 위해 마음속으로 '안단테'(느리게) 노래를 부른다. 백로의 걸음걸이와 속도를 맞춘다.

그래도 흔적이 남으면 슬슬 짜증이 난다. 바퀴 자국 지우겠다고 다시 들어갔다가 원래보다 훨씬 큰 흔적을 남기기 일쑤이기 때문이다. 기름값도 아끼고 주유소가 멀어 시간도 좀 아껴보겠다고 에어컨도 안 켜고 일하는데, 마음처럼 안 되니 트랙터 엔진처럼 열이 오른다. 그럴 땐 차분히 이런 생각을 한다. '집에 가야 유튜브밖에 더 보겠어? 같이 놀자고 달라붙는 아이들도 있잖아!'

모내기가 끝나고 '뜬모' 일을 하는 것도 일종의 흔적 지우기다. 이앙기로 모를 내면 빠진 부분이 생기는데, 그곳은 사람이 직접 들어가서 심는다. 요즘은 일할 사람도 없고, 쌀값도 좋지 않아 뜬모를 하지 않는 경우가 많다(쌀 수확량을 줄이기 위해 뜬모 안 하기를 장려하는 지자체도 있다). 하지만 내 머리 빈 것보다 논에 빈자리 보이는 게 더 싫다. 그래 봐야 밥 한 그릇이지만. 그래서 밥 한 그릇이 더 소중하다.

시련

모내기하고 40일쯤 지나 어린 벼가 뿌리를 잘 박으면 그들에게 혹독한 시련이 펼쳐진다. 그동안 금이야 옥이야 행여나 목마를까 쉴 새 없이 논을 찾아 물을 댔는데, 이제는 논 안에 V자형 수로를 만들고 물꼬를 최대한 낮춰 모든 물을 뺀다. 허리까지 오는 물에 봄 햇살 맞으며 평화롭게 반신욕 하던 벼들은 갑작스러운 농부의 변심에 화들짝 놀라 물기를 찾아 논 깊은 곳까지 뿌리를 내리고 또 내린다.

이러한 혹독한 시련은 논이 쩍쩍 갈라질 때까지 20일쯤 이어진다. 그동안 농부는 벼들을 응원하는 마음으로 논둑에서 예초기를 흔들며 풀을 깎는다. 그리고 다시 논에 물을 댈 때 말한다. "뿌리를 깊이 내리지 않으면 너희들은 여름의 장마와 태풍을 이겨낼 수 없단다. 잘 견뎌주어 고마워. 나중에 비가 많이 오면 수로를 타고 물이 빨리 빠져나갈 테니까 너무 걱정 마!"

그러나 벼가 뿌리를 아무리 깊게 내려도, 농부가 수로를 정성껏 많이 내도 허사일 때가 있다. 하늘이 만드는 비바람이 그렇게 무섭다. 2022년 태풍 힌남노가 한반도를 덮쳤다. 기상관측 사상 처음으로 아열대성 해양이 아닌 북위 25도선 이북에서 발생한 슈퍼 태풍이었다. 우리나라와 가장 가까운 곳에서 발생해 그만큼 갑작스럽고 강력했다. 크기도 크기지만 더 큰 문제는 시기였다. 그때는 태풍 걱정을 한시름 놓은 때였다.

8월이면 벼 이삭이 패고, 9월이면 한창 곡식이 익어 무거워질 때다. 그런데 힌남노가 지나간 때가 9월 5, 6일. 맹렬히 내리는 폭우에 집 바로 뒤에 있는 산에 큰 계곡이 생겼다. 그동안 TV에 나올 일 없던 관인이 기록적인 폭우로 뉴스에 나왔다. 뉴스를 본 지인들이 별일 없냐고 연락해왔지만, 나는 실시간으로 논에서 벌어질 일이 더 걱정되었다. 우리 벼들이 무사하기를 바라도 될까?

진인사대천명(盡人事待天命). 사람이 할 일을 다 했지만, 하늘이 무섭게 일하니 논의 풍경은 처참했다. 하늘을 바라봐야 할 벼들이 바짝 누워 있었다. 어미 소가 핥아놓은 송아지 머리처럼 반질반질했다. 벼 보험을 들어 얼마간의 금전적 보상을 받았지만, 태풍의 흔적은 마음에도 남았다. 사람이 할 일을 다 했다고 생각했는데, 하나 더 있었다. 받아들이는 일.

한 아저씨가 차를 세우고 말했다. "괜찮아? 그냥 주는 대로 먹고사는 거야. 괜찮아! 이런 일 있어도 다 먹게 해줘. 별일 다 있었지만 수십 년 동안 굶은 적은 없어!" 하며 손가락으로 하늘을 가리켰다. 언제 그랬냐는 듯 맑은 하늘은 시침을 뚝 떼고 있었다. 시련은 농부가 벼에게만 주는 줄 알았는데, 하늘도 농부에게 시련을 준다. 내가 이유가 있어 그랬듯이 하늘도 이유가 있겠지. 여기에 더 깊이 뿌리 내리라고….

순백의 미

논에 물을 대러 퇴수로에 들어갔다. 다른 논들에서 빠지는 물이 한데 모여 한탄강으로 흐르는 길이다. 양수기 호스에 낀 이물질을 빼고 수로 바닥을 청소하는데, 평소와 달리 이상한 냄새가 났다. 쓸데없는 호기심에 고약한 냄새의 시발점이 어디인지 찾아 나섰다. 내가 있는 곳보다 조금 위, 그러니까 물이 내려오는 곳에 커다란 고라니 한 마리가 죽어 썩고 있었다. 고라니 사체를 스친 물이 아까부터 장화 속으로 들어오고 있었다.

우웩. 등을 돌리고 간신히 구역질을 멈췄다. 그러다 다시 구더기가 들끓는 고라니를 봤다. 지난번에 나는 새끼 고라니를 꺼내주었는데, 여기엔 아무도 없었구나. 내 키보다도 깊은 곳인데 너 혼자 나갈 수는 없었겠지. 어차피 집에 가서 씻을 몸, 더럽다고 서두르지는 않았다. 아무 일 없다는 듯 일을 마치고 수로를 나와 논을 보는 순간, 논에서 열심히 자라는 벼들이 새롭게 보이기 시작했다.

벼들은 물을 가리지 않는다. 남의 논에 들어갔다가 나온 물도 좋고, 고라니가 썩은 물도 좋다. 땅속에 깊이 뿌리 내려 물을 빨아들이고, 그 물을 온전히 자신의 것으로 만든다. 한여름의 타는 듯한 더위와 강한 비바람도 온몸으로 견딘다. 견디다 못해 쓰러지고 진흙투성이가 되어도 그 속에는 순백의 미(米)를 품고 있다. 물과 날씨를 탓하지 않는 이 여리여리한 생명들이 숭고하고 아름답게 느껴졌다.

9월 말이 되면 수확을 시작한다. 콤바인 몇 대가 종횡무진 논을 누비고, 거기서 나오는 벼들은 트랙터 트레일러에 실려

농협 건조장으로 향한다. 농부는 낫을 들고 춤만 추더라도 수확은 감상에 젖을 새도 없이 빨리 끝난다. 수확량은 전표에 표시된 숫자로만 알 수 있다. 트레일러에 쏟아지는 노란색 벼들에게 서둘러 작별 인사를 한다. 안녕, 나의 땀방울들!

그런데 2024년 수확한 쌀이 예년만 못하다는 소리를 들었다. 자식이 밖에서 못났다는 소리를 들은 기분이다. 예년과 똑같이 일했는데 왜 그럴까? 아마도 날씨의 영향이 아닐까 싶다. 여름이 너무 뜨거워서 벼의 껍질이 두꺼워졌다. 벼도 자기들 열매를 보호해야 하니까. 방아를 찧을 때 많이 깎으면 흰색이 되는데, 껍질이 두꺼운 벼는 덜 깎여서 파르스름해 보인다. 최근 들어 봄에 흐린 날이 많아서 벼가 초반에는 잘 안 크고, 장마가 일찍 와서 논을 말리기도 어렵다.

농촌에 살다 보니 기후 변화가 해가 지날수록, 일상에서, 온몸으로 더 잘 느껴진다. 지구가 아파도 보통 아픈 게 아닌 듯하다. 나폴레옹은 "하늘에서 재면 내 키가 제일 크다"라고 했다. 자본주의 관점에서 보면 나는 효율적이지 않고 쓸모도 덜한 사람이다. 지갑이 두껍지 않아 도시에 가서 비싼 차, 비싼 집을 보면 위축될 때도 있다. 하지만 지구는 덜 벌고 덜 쓰는 나를 어쩌면 더 좋아할지도 모르겠다. 그녀의 몸에서 덜 빼 쓰고, 그녀의 몸을 덜 더럽히니 말이다.

알곡은 떠나고 벼의 향기가 아직 남아 있는 땅을 바라보았다. 가만히 귀를 기울이니 땅이 뭐라고 하는 것 같다. "지갑 얇은 게 쪽팔려? 얇은 지갑으로 하루를 잘 사는 것도, 한 해를 잘 버티는 것도 능력이야. 못 쓰든 안 쓰든 덜 쓰는 삶에 자부심을 가지라고. 정말 중요하고 필요한 것들은 내가 다 줄 테니 걱정 붙들어 매시압!" 홀로 논에 서서 별의별 생각을 다 하다가 '이런 삶도 가능하다'는 확신을 얻었다. 벼농사, 나의 변호사가 되었다.

9
살리는 손

2010년 늦은 겨울 혹은 이른 봄, 나는 차가운 수술방 침대에 누워 있었다. 정확한 날짜도 몇 명이 있었는지도 생각나지 않는 건 기억하고 싶지 않아서가 아니다. 전날에 가슴을 여는 수술을 앞두고 잠이 오지 않아 난생처음 수면제를 먹었는데, 그 부작용으로 밤새도록 정신이 혼미했다. 낯선 이들 앞에서 나체를 공개하는 것에 대한 수치심도 들지 않았다. 그저 극심한 한기에 부들부들 떨기만 했다.

여섯 시간의 수술을 마치고 중환자실에 들어갔을 때 눈을 떴다가 다시 정신을 잃었다. 그때 나를 향해 달려오던 의사와 간호사들의 다급한 모습은 생생히 기억난다. 옆 병상의 할머니 환자는 밤새 고통에 시달렸다. 다양한 처치를 했지만 나아지지 않자 한 간호사가 찾아와 환자의 손을 잡았다. "할머니, 제가 해드릴 수 있는 건 다 했어요. 그래도 아프시죠. 죄송해요. 제가 옆에서 지켜보고 기도할게요."

가슴에 커다란 상처를 안고 집에 돌아왔지만 상태가 호전되지는 않았다. 여전히 숨쉬기가 어려워 가쁜 숨을 몰아쉬다가 아무도 모르게 잠깐씩 정신을 잃고는 했다. 이러다 안 되겠다 싶어 다시 병원에 가서 바로 중환자실에 들어갔다. 핏속에 이산화탄소 수치가 너무 높아 조금만 늦었더라면 뇌가 손상될 뻔했다. 입과 기도를 통해 폐에 산소를 공급하는 관을 꽂았다. 말을 할 수 없지만 숨을 쉬지 않아도 되었기에 마음이 놓였다.

신경과 중환자실에는 스무 명 남짓한 환자가 있었다. 대부분 뇌출혈로 쓰러진 사람들이라 의식이 있는 사람은 나밖에 없었다. 중환자실에서는 두 시간에 한 번씩 처치가 이뤄져서 환자가 깊이 잘 수 없다. 덕분에 나는 같은 공간에 있는 사람들을 자세히 관찰할 수 있었다. 건너편에 있는 여고생은 조회 시간에 갑자기 쓰러져 의식을 잃고, 머리를 민 채 3개월 동안 같은 자리에 누워 있었다.

7일째쯤 되던 날 동이 틀 무렵에 소녀는 소리를 질렀다. "살고 싶어. 살고 싶다고!" 그녀의 목소리는 처절했지만 이후 다른 말을 하지는 못했다. 나는 9일째 되는 날 호흡기를 빼는 과정에서 기도가 막히는 죽음의 고비를 넘기고 중환자실을 나왔다. 행여 조카가 잘못될까 봐 걱정하던 작은아버지가 또 문병을 왔다. 환자복을 입고는 병원 식당에 들어갈 수가 없어 옷을 갈아입고 그를 만났다.

돌아오는 길에 승강기 안에서 부모님이 누군가와 인사했다. 중환자실 소녀의 부모님이었다. 그들은 눈앞에 있는 사람이 병상에 누워 있던 그 환자라고는 생각하지 못했다. 그리고 내 손을 잡고는 말했다. "아이고, 몰라봤어요. 아주 잘생겼네. 정말 잘됐어요. 어서 건강해져요. 이렇게 보니까 좋다. 우리 딸도 곧 나을 거 같아…." 눈시울이 붉어진 그들은 더 이상 말을 잇지 못했다.

물에 잠긴 벼

병원 문을 나오면서 다짐했다. 살리는 손이 되리라! 따뜻한 손길로 쉼 없이 내 몸을 돌본 간호사들, 검사 결과가 좋다며 함박웃음으로 달려오던 담당 의사, 그리고 살고 싶다고 외친 소녀와 그 부모…. 누구는 떠나고 누구는 남아 있는, 누구도 이유를 알 수 없는 이 부조리한 상황에서 떠나는 자가 할 수 있는 최소한의 예의라고 생각했다. 시골에 내려와 나는 곧바로 내가 성장한 공동체에 들어갔다.

먼저 소식지를 만들고, 공부방을 열었으며, 차 운행으로 어른들의 손과 발이 되었다. 여름에는 풀을 깎고, 겨울에 상수도

가 얼면 강추위에도 나가 심부름했으며, 나중에는 온갖 행사를 기획하고 진행했다. 의미 없는 일이 없었다. 어른들의 이야기를 기록하고, 그 속에서 삶의 깊이를 느꼈다. 꼬맹이였다가 어느덧 나보다 훨씬 커버린 녀석들이 징글맞은 미소로 "선생님!" 하고 다가오면 그렇게 예쁠 수가 없었다.

농사일보다 공동체를 위한 일에 시간과 마음을 더 많이 썼다. 시간이 지나면서 일이 쌓이고 또 쌓이다 보니 힘들 때도 있었다. 하지만 하나하나 뜯어보면 그리 힘든 일도 아니라 무엇 하나 그만둘 수가 없었다. 그러다 보니 의도치 않게 부천댁에게 독박육아를 강요했다. 원래 외향적인 성격인데 낯선 농촌에 내려와 집에 갇혀 두 아이를 보던 아내가 말했다. "여보, 일을 좀 줄일 수 없어요? 나 힘들어…."

"이야기해볼게"라고 답했지만 별 고민은 없었다. 이야기한다 해도 달라질 게 없었다. 누군가 해야 할 일이라면 내가 하는 편이 이상하지 않았다. 원래 내향적인 성격인데 여러 사람을 상대해야 하는 일이라 나도 충분히 힘들었기에 미안한 마음도 들지 않았다. '부천댁, 당신도 공동체의 일원이 아니오? 내가 해야 할 일이란 걸 어찌 모르오!' 그래도 쪼끔 미안한 마음에 집에 오면 내 몸과 마음 살필 틈 없이 아이들을 돌봤다.

모판에서 똑같은 모습으로 자라지만 논에 가면 유독 고통받는 모들이 있다. 논에 들어오는 물길 옆에 심은 벼들은 키가 작아 처음에는 물이 들어오면 잠길 수밖에 없다. 강한 물살에 사는 놈도 있고 죽는 놈도 있지만, 논에 있는 절대다수의 벼를 위해서는 그들의 희생이 불가피하다. 나는 수로 옆에 있는 벼가 되기로 결심했다. 때로는 물에 잠겨도 괜찮다. 그게 살리는 손의 운명이다.

어느덧 이 공동체는 나의 자랑이 되었다. 농촌에서 쉽게 볼 수 없는 학생, 청년, 젊은 층이 많이 모였다. 20대 시절 영화주간지에서 기자로서 희망을 본 것처럼 30대 시절 이 공동체가 지역의 희망이 될 수 있을 것이라 믿었다. 당시 나는 많은 여성에게 사랑받았다. 할머니, 아주머니, 학생, 어린아이까지. 부천댁이 말했다. "오빠는 모든 세대의 여성에게 인기가 있어요. 결혼 적령기 여성만 빼고."

분란 조장 세력

도대체 왜 그런 건지 모르겠다. 아무리 생각해봐도 그 이유를 모르겠다. 하긴 내가 아팠던 것도, 중환자실에서 나만 나온 것도 그 이유를 알 수 없었다. 인생에서 중요한 일은 항상 원인도 모른 채 발생했다. 우리 공동체가 리더의 임기를 보장해주었을 때부터 그가 달라지는 것을 느꼈다. 나와 같은 시기에 이곳에 와서 공동체의 리더가 되어 권위에 정의롭게 맞서고 구

아파서 시골에 왔습니다   97

성원들에게는 사랑을 말하던 그였다.

권위를 부정하던 그가 스스로 권위가 되었고, 구성원들에게 사랑 대신 죄의식을 심기 시작했다. 죄지을 힘도 능력도 없는 시골 노인들은 그냥 죄인이 되었고, 삶에 대한 열정과 희망을 품어야 할 학생들은 자신이 만들지도 않은 세상의 부조리에 부채 의식을 가져야 했다. 누구보다 그를 신뢰하고 따랐기에 공동체의 불안한 분위기를 전달하기 위해 찾아갔다. 하지만 나를 보는 그의 시선에서 어떠한 애정도 발견할 수 없었다.

공동체의 위기 앞에서 시름시름 앓다가 봄 야외 행사를 준비했다. 식사는 내 업무 밖이었는데, 그 문제가 해결되지 않아 일이 전혀 진행되지 않았다. 논에서 뜬모를 내다가 리더에게 전화해 상황을 설명하고, 기관 간의 갈등을 중재할 것을 요청했다. 그때 그는 아주 형편없는 해결책을 내놓으며, 그것을 도저히 받아들이지 못하는 나에게 한마디 했다. "그게 이 공동체의 수준이죠." 전화를 끊고 냉정리 평야 한가운데서 분을 참지 못하고 소리쳤다. "씨발!"

사람들이 하나둘 떠났다. 리더는 사람들이 떠날수록 '죄 타령'을 더 심하게 했다. 떠난 사람이 문제라는 듯이. 누구의 잘잘못을 떠나서 떠난 사람을 대하는 태도가 더 무서웠다. 그는 아무도 붙잡지 않았다. 구성원들의 삶에 별다른 관심이 없어 보였다. 침몰한 세월호의 선장이 떠올랐다. 차이가 있다면 선장은 먼저 떠났지만, 그는 떠나지 않았다는 것. 대신 더 많은 사람이 공동체를 탈출했다.

혼자 해결할 수 있는 문제가 아니라는 생각에 사람들과 터놓고 대화를 시작했다. 그들은 나와 리더 사이에 있었던 일을 듣고는 깜짝 놀랐다. 많은 이가 비슷한 경험을 꺼내놓으며 같은 고민을 한다고 말했다. 하지만 열 명 중 세 사람은 리더를 중심으로 똘똘 뭉쳤다. 그리고 어느 날, 그들이 나를 '분란 조장 세력'이라고 부른다는 것을 알았다. 어느덧 나는 반공동체 세력이 되었다.

공동체는 제초제를 맞은 풀처럼 생기를 잃었다. 리더는 어디서 인터넷 미담을 보고 와서는 "우리 공동체 구성원은 그에 훨씬 못 미친다"며 책망하고 무시하는데, 고개를 들 힘도 그와 대화할 마음도 생기지 않았다. 격렬하게 싸워볼까 하다가도 행여나 공동체가 완전히 붕괴할까 두려워 그러지도 못했다. 나의 30대를 오롯이 바친 사람들과 공동체인데…. 떠난 사람들의 자리가 내뿜는 한기에 몸을 떨었다.

이웃

마흔 살이 되던 겨울, 친구 김 부장이 일하는 베트남 하노이에 놀러 갔다. 오랜 친구와 많은 이야기를 나누다 서로의 고민을 꺼내놓았다. 그리고 다음 날 성 요셉 대성당에 앉아 기도하는데 이런 생각이 강하게 들었다. '너는 왜 그토록 괴로워하느냐? 이웃을 사랑하라고 했지, 이웃이 아닌 자를 사랑하라고 했느냐? 너를 잘 알지도 못하고 욕하는 자들은 너의 이웃이 아니다!'

눈물이 터져 나왔다. 공동체를 위해 열심히 일하다 마주한 거대한 벽 앞에서 겨우 참고 있었던 눈물이다. 참을 수 없는 분노와 슬픔이 끓여 올린 뜨거운 눈물이다. 여행에 동행한 김 사장은 나를 위로하며 친구가 데미안처럼 알을 깨고 새로운 세상으로 나아가길 응원했다. 친구들과 함께한 여행으로 마음이 한결 가벼워졌다. 다시 돌아왔을 때 달라진 것은 아무것도 없었지만, 나는 조금 더 버틸 수 있었다.

여전히 이러지도 못하고 저러지도 못하는 날이었다. 빈자리는 더 많아졌고, 날카로운 말은 여전했다. 그날도 리더는 전과 똑같은 말을 하는데, 더 이상 참을 수 없었다. 더 이상 참고 싶지 않았다. 데미안은 깨달았다. 알을 깨고 새로운 세상으로 나아갈 때가 되었음을. 10년 동안 함께한 사람들에게 작별을 고하고 공동체를 떠났다. 나를 잡는 사람은 아무도 없었다. 누군가는 내가 떠나는 것을 이해했을 테고, 누군가는 반겼을 테니. 그 문을 나오면서 다짐했다. '더 이상 살리는 손이 되지 않겠다!'

아버지가 되고서야 알았다. 자식이 남을 위해 자신을 희생하는 삶을 사는 게 그리 반갑지 않다는 것을. 자신이 행복한 자리를 찾아가는 것이 세상을 이롭게 하는 첫 단추라는 것을. 어울리지 않는 옷을 입고 사는 것만큼 불행한 일은 없다. 나를 이해할 마음이 없는 사람들과의 싸움터에 자신을 밀어 넣는 것만큼 잔인한 일은 없다. 나의 시간을 싸움에 낭비하기에 인생은 너무나 짧다.

돌이켜보면 그들과 나, 누가 옳았는지 모르겠다. 여전히 그때를 생각하면 마음이 저린 것이 깊은 상처가 아직 아물지 않았나 보다. 확실한 점은, 함께하지 않는 게 좋은 사람이 있다는 것, 그런 공동체보다는 차라리 혼자가 낫다는 것. 그리고 나는 여전히 혼자가 아니다. 그사이 어디에 숨어 있었는지 나를 좋아하는 사람들이 하나둘 늘어가고 있다. 고귀한 이상을 말하지 않아도 인생을 배우고, 특별한 활동이 없어도 함께하는 것만으로 즐겁다.

남을 살리겠다던 손은 이제 내 몸을 감싼다. 누군가 나를 비난하거나 내가 실수하면 잠들기 전에 스스로 어깨를 토닥인다. '괜찮아, 잘했어. 천천히, 한 번 더.' 그러면 몸속 어딘가에 맺혀 있던 내면의 상처가 '후' 하는 한숨을 타고 밖으로 나온다. 더 이상 말의 권위에 눌려 내 몸을 내가 원하지 않는 곳에 가게 하지 않을 것이다. 나의 몸은 이른 봄의 벼처럼 내 삶에 더 깊이 뿌리내릴 것이다.

　정의를 말한다고 정의로운 사람이 되지는 않는다. 사랑은 입으로 하는 게 아니라 몸으로 하는 것이다. 정의를 말하며 스스로 의롭다 착각하는 이에게 허락된 정의는 없다. 사랑을 많이 말하는 사람은 사랑이 많은 게 아니라 말하기를 좋아할 뿐이다. 우리에게 필요한 건 이상적인 말이 아니라 누군가의 손을 맞잡는 몸과 시간이다. 2020년, 포천의 데미안은 언어의 집을 깨고 나와 몸의 세계로 들어갔다.

10

어쩌다 골프

　나이 마흔에 어쩌다, 이제야 사춘기가 왔다. 누가 일을 시키는 것도 싫고 지적'질' 하는 것은 더 싫다. 아주 오랜만에 하노이에서 친구들과 영혼의 휴식을 즐겼다. 그 여행의 끝에서 실컷 배를 불려준 김 부장이 말했다. "다음에 올 때는 골프를 배워서 와. 여기 공 치기 딱 좋아!" 골프? 살면서 단 한 번도 내가 할 거라고는 생각지 못한 운동이다. 운동? 걷다가 막대기 휙 휘두르는 게 운동이라고?

　코로나19가 터지고 농번기가 찾아와 골프를 까맣게 잊고 있었다. 초여름 어느 날, 베트남에 동행했던 김 사장에게서 문자가 왔다. "숙제는 잘하고 있나?" 음, 숙제는 안 해야 제맛이지! 심지어 지금 나는 여름볕에 심하게 그을린 볼까만 사춘기라고! 그때 공동체에서 같은 고민을 나누었던 형님에게서 연락이 왔다. "나 창고에 골프 연습장 만들었어. 놀러 와, 얼굴이나 좀 보게!"

세 명이 외치면 없는 호랑이도 만든다고, 내가 좋아하는 이 세 명이 마음도 없는 내가 공을 치게 만들었다. 김 사장은 파주 당근마켓에서 중고 골프채를 공수해주었고, 형님은 창고 대개방으로 연습실을 제공했다. 어린 시절 나는 이 동네 자치기 챔피언이었다. 비정형의 나무 조각으로도 수십 미터를 날려 보냈다. 레슨 따위 필요 없다. 사춘기 골퍼는 영혼 없는 가르침은 물론, 따뜻한 충고도 싫었다.

골프 레슨을 받는 김 사장과 독학의 길을 선택한 나 안기자의 진검승부가 곧 펼쳐질 줄 알았다. 그런데 코로나19 유행이 쉬이 가라앉지 않아 우리는 군 복무 기간(26개월)만큼이 지나서야 베트남으로 향했다. 이번에는 다낭이었다. 첫 라운드에서 100타를 깨면 김 부장이 깜짝 놀라겠지? 혼자서도 잘할 수 있다는 것을 보여주지, 김 사장! 부푼 가슴은 연착된 비행기보다 훨씬 먼저 다낭에 도착했다.

이게 어떻게 된 거지? 첫날이야 비행기 도착이 늦어져 급하게 시작하고, 비바람이 갑자기 몰아쳐서 그랬다고 치자. 둘째 날은 변명이라고 둘러댈 게 하나도 없었는데 전날보다도 훨씬 못 쳤다. 공은 와이파이 표식처럼 사방으로 뻗치고, 똑바로 멀리 간 공이 하나도 없었다. 세 명이 나를 골프의 세계로 안내했다. 그리고 세 홀 만에 나는 골프의 지옥에 빠졌다. 그때는 애써 웃어지지도 않았다.

어떻게 쳐도 안 맞았다. 순간 머리가 하얘져 남은 15홀이 무섭게 느껴졌다. 일행을 따라가지 못하고 모래나 파고 있는 '나는요, 완전히 붕괴되었어요.' 김 부장은 조용히 다가와 내 어깨에 손을 얹었다. 김 사장은 '망샷'을 시전하며 스스로 낮아져 나를 위로했다. 여기에 "오빠, 괜찮아. 다시 해. 파이팅!"이란 베트남 캐디의 응원이 더해지지 않았다면, 헤어질 결심은 현실이 되었을 것이다.

숫자 너머

나에게 형님 대접을 깍듯이 하는 선은 골프 이야기만 나오면 단호해진다. "형, 아직도 골프 쳐? 그렇게 할 거면 때려치워!" 골프를 시작한 지 어언 6년, 첫 라운드에서 100타를 깨겠다던 포부도, 3년 안에 90타를 쳐서 '아무튼, 골프'라는 제목으로 책을 내겠다던 계획도 다 깨졌다. 100타를 못 깨 '백돌이' 신세를 면하지는 못했지만, 골프채는 여전히 잡고 있다. 90타를 깨면 쓰겠다던 새 공도 이제 막 쓰고 있다. 포장지도 안 뜯은 채로 나와 함께 순장될까 봐….

졸업 후 25년 만에 고교 동창 권 프로를 만났다. 학창 시절

드물게 나보다 작았고, 성격은 순둥순둥한 친구였다. 그런데 이제는 나보다 머리 하나는 더 크고 팔뚝은 두 배라 어마어마한 비거리를 뽐냈다. 가장 멀리 치고 가장 빠르게 치는 그였지만, 항상 맨 뒤에 있는 내 곁에 붙어 있었다. 내가 빠르게 쳐서 앞사람과의 거리를 줄이고자 서두르면 그는 웃으며 말했다. "천천히 해, 천천히."

공이 안 맞으면 "괜찮아, 아직 기회 있어"라고 나직이 말하고, 드물게 잘 맞으면 아주 큰 목소리로 "나이스!"를 외쳐주었다. 전반 마지막 홀을 양파(기준 타수의 두 배 이상을 쳤다는 뜻)로 시원하게 말아먹었지만, 권 프로의 응원 덕분에 후반 첫 홀을 버디(기준 타수보다 한 타 적게 쳤다는 뜻)로 기분 좋게 시작할 수 있었다. 어느덧 두 홀을 남겨놓은 상황. 방금 친 대로 적당히 잘 치면 100타는 쉽게 깰 수 있었다. 두근두근한 마음에 두 번의 양파로 '깨백'은 다음 기회에!

경기를 마치고 권 프로가 다가와 위로했다.

"안기자 대단해, 버디를 두 번이나 하다니!"

"버디를 두 번 하고도 깨백을 못 하다니!"

"깨백은 하려고 하는 게 아니라 하다 보면 어느덧 되는 거야."

"너희한테 민폐 끼치기 싫어서 하는 소리야. 나 안 부끄러워?"

"민폐라니, 나는 효원이 네가 전혀 안 부끄러워. 어떤 초보가 한 경기에서 버디를 두 개나 하냐? 지난번보다 많이 늘었어 (순둥순둥 웃음)."

"고맙다(눈물)."

골프 치는 사람을 만나면 보통 하는 질문이 있다. "핸디가 얼마예요? 라베(라이프 베스트 스코어)는요?" 상대의 실력을 아는 데 중요한 정보지만, 숫자가 그들의 골프 인생을 다 말해주지는 않는다. 만약 그렇다면 6년째 바닥에서 제자리걸음 중인 나는 진즉에 접었어야 했다. 숫자는 네 시간 반의 경기 동안 펼쳐지는 감동과 이야기를, 뒤풀이 자리에서 친구들과 나누는 대화와 위로를 담지 못한다. 숫자 너머의 것을 발견하고 골프가 더 좋아졌다.

사실 나는 골프가 싫었다. 냉정리 논에서 강 너머로 한탄강 CC가 보이는데, 누구는 뙤약볕 아래서 땀 뻘뻘 흘리며 일하고, 누구는 팔자 좋게 띵까띵까 공이나 치는가! 저 멀리서 "나이스 샷!" 소리가 들리면 짜증이 났고, 논에서 골프공을 발견하면 "어떤 놈이야!" 하며 분노를 참지 못했다. 하지만 이제는 안다. 그들도 한 주, 한 달을 열심히 일하고 머리 식히러 겨우 한 번 나온다는 것을. 이제는 같이 외쳐준다. "나이스 샷!"

진짜 이웃

지금껏 꾸준히 연락하고 지내온 고교 동창이 나 포함해 다섯이다. 그중 두 명이 골프 엄마 김 부장, 골프 쌍둥이 김 사장이다. 의정부에서 같이 고등학교를 나왔지만 지금은 인천, 파주, 포천, 의정부, 제주 등 서로 먼 지역에서 살고 있고, 각자 삶의 영역이 달라서 만나기가 어려웠다. 골프를 치기 전에는 1년에 한두 번 보기도 어려웠고, 매일 카톡을 해도 만나지 못하고 그냥 넘기는 해도 있었다.

친구들이 자주 모이지 못하는 데는 나의 책임이 컸다. 다들 도시 사는 놈들이라 마음만 먹으면 언제든 볼 수 있지만, 농촌에 살면서 주말에 시간을 낼 수 없는 나를 빼놓을 수 없어 아예 모임을 안 했다. 만나면 언제나 30년 전으로 돌아가 얼마나 행복한데, 나중에 그 사실을 깨닫고 얼마나 미안했던지. (미안한 마음을 갚으려고, 친구들 만날 핑계를 만들려고 골프 친다는 사실을 부천댁은 알까?)

다낭에 있던 김 부장이 제주도로 발령 나면서 이 환상의 섬이 우리의 새로운 전지 훈련장이 되었다. 그래도 비행기 타고 가는데 1박 2일은 너무 짧잖아? 보통 2박 3일, 3박 4일 일정으로 훈련을 떠나는데, 그때 우리는 정말 많은 대화를 나눈다. 1년에 한두 번 볼 때는 다시 고등학생 때로 돌아가 웃고 떠들며 즐거운 시간을 보냈고, 조금 더 자주 길게 보는 요즘은 지금 우리의 삶을 솔직하게 나눈다.

나와 골프 스코어가 똑같은 김 사장이지만 플레이 방식이 다르듯 우리는 79년생 동갑내기지만 사는 모습이 다 다르다. 주변 사람들에게도 쉽게 할 수 없는 이야기를 꺼내놓으며 서로를 깊이 이해한다. 전혀 다른 곳에서 전혀 다른 일을 하는 친구들의 이야기 속에서 더 넓은 세상을 만나고, 인생의 또 다른 내면을 만난다. 결론은 항상 같다. "괜찮아, 잘하고 있어!" 이제야 찾았다, 나의 이웃!

우리 이웃들은 필드 위에서는 서로에게 별말이 없다. 처음 골프채를 잡았을 때 김 사장과 나는 매일 카톡으로 그날의 훈련 성과를 나누고 서로의 노하우를 공유했다. 순도 100퍼센트 골프 쌍둥이를 위한 사랑이었다. 하지만 3년이 지나고 서로가 서로에게 아무런 도움이 되지 않는다는 사실을 확실히 깨달았다. 그 이후로 우리는 입을 굳게 닫았다. 타인의 삶을 함부로 이야기할 수 없다는 걸 알았다.

대신 우리는 어깨춤을 춘다. 못 치면 못 칠수록 어깨춤은 더 격렬해진다. 추임새는 "훌훌!"이다. 누군가 기막힌 '망샷'을 쳤을 때 자세가 어떻고 조준이 어떻고 하지 않고, 그냥 조용히 곁으로 다가가 어깨를 흔든다. "털어, 털어버리라고! 여기, 여기서 말이야! 다음 샷은 기분 좋게 쳐야지! 훌훌 털고 가자, 훌훌!" 최근 합류한 강 대표까지 이 넷의 어깨춤은 못났지만 이보다 유쾌할 수는 없다.

내 몸을 봄

다낭에 두 번째 갔을 때 김 부장의 지인인 이 대표를 만났다. 골프를 시작하고 반년 만에 싱글을 쳤다는 전설의 골퍼다. 1년 전 완전히 붕괴된 나는 명예 회복을 위해 집 옆에 있는 나무에 그물을 걸었다. 들에 나가 기운이 쭉 빠지도록 일하고 와서도 모기들에게 헌혈해가면서 그물이 찢어지도록 공을 쳤다. 하지만 고독한 훈련의 성과는 하도 미세하여 아무도 눈치채지 못했다. 나는 고해성사를 하듯이 이 대표에게 말했다.

"사실 제가요, 라운드 할 때 다른 사람들 신경을 좀 많이 쓰는 편이에요. 일행과 보조를 맞추고 싶고, 캐디가 덜 피곤하게 하고 싶고, 뒤 팀이 붙으면 더 조급해져요. 그래서 빨리 치려고 급하게 치다 보면 기막힌 망샷이 나와서 더 늦어지더라고요. 어제도 전반에는 17대 1로 싸우는 기분이었어요. 심지어 잔디가 아플까 봐 땅을 제대로 찍지도 못해요. 가끔 잘못 쳐서 공 말고 땅만 파지만 말이에요."

내 말을 묵묵히 듣던 이 대표가 한참 만에 입을 뗐다. "골프 못 칠 성격이네!" 순간 웃음의 핵폭탄이 떨어진 듯 초토화되었다. 그는 아랑곳하지 않고 말을 이었다. "골프는 외로운 게임이에요. 홀로 선택하고 그 결과를 온전히 자신이 책임져야 해요. 내 몸 하나 앞으로 가기도 힘든데 옆 사람 신경 쓸 겨를이 어디 있어요? 다른 사람 신경 쓰지 말고 본인의 플레이를 하세요."

처음 골프장에 갔을 때 어떻게 쳐야 하는지 게임의 규칙을 잘 몰랐다. 실력 없기는 물론이고 골프 예절조차 잘 모르는 나를 누군가 이끌어줄 줄 알았다. 그런데 동반자와 캐디는 기대와는 달리 나에게 별 관심이 없었다. 애정이 없다기보다는 각자 자기 일에 충실했던 것이고, 내가 지나치게 남을 의식하고 남에게 의존했던 것이다. 라운드를 거듭하며 타인의 시선으로부터 자유로워지고 있다. 온전히 나에게 집중하고 있다.

공을 치기 위해 자세를 잡으면 모두 조용히 한다. 고요한 대지 위로 새 소리, 바람 소리가 들려온다. 나는 한번 씨익 웃고 채를 뒤로 들어 올렸다가 힘껏 내리친다. 가끔 공이 잘 맞아 240미터 넘게 날아가면 말할 수 없을 만큼 기분이 좋다. 그저 버린 줄로만 알았던 많은 시간이 헛되지만은 않았음을 확인할 수 있어서다. 그동안 방향을 잃은 공을 수없이 바라보고 멘탈이 탈탈 털린 나를 다독이며 여기까지 왔다.

하노이에 갔을 때 아리따운 현지 여성과 사진을 찍었다. 좋은 추억이었지만 이후에 그 사진을 보지는 않았다. 미녀 옆에 있는 뚱땡이가 나라는 사실을 도저히 받아들일 수 없었다. 그 무렵 받은 스트레스를 야식으로 푼 결과였다. 지금은 골프를 치면서 내 몸을 돌보고 몸의 소리에 귀를 기울인다. 경기 후 사우나에서 만난 친구들이 감탄한다. "오, 안기자. 몸매 좋은데!" 우쭐해진 나는 외친다. "내가 골프 실력이 안 좋지, 몸매가 안 좋냐!" 이제는 느리게 재밌게 나답게 살고 싶다.

2부

반딧불

11
행복친목회

옛날에 한 거지가 동냥하러 어느 집에 들어갔다. 집주인은 멀쩡하게 생긴 거지를 보고는 "먹을 것을 줄 테니 동냥은 집어치우고 애나 좀 보슈"라고 했다. 이게 웬 횡재냐 싶어 눌러앉은 거지는 이틀 만에 주인을 찾아가 말했다. "애를 보느니 빌어먹고 사는 게 낫겠소! 당장 내 동냥 그릇을 내놓으시오!" 그만큼 애 보는 게 힘들다는 이야기다.

아이들이 태어나기 전까지 나에게 가장 고된 일은 고추 따기였다. 힘을 쓰고 오랜 시간 해야 하는 일이더라도 서서 하는 일은 좀 낫다. 그런데 밭농사는 대부분 쪼그려 앉아서 하는 일이라 다리와 허리가 아프다. 마늘, 감자, 고추 중에서 고추가 제일이다. 엉덩이 방석에 앉아서 따더라도 길지도 않은 다리를 고이 접어 일하다 보면 '끄응' 소리가 절로 나온다. 이제는 쉬운 일이 되었지만.

　그날도 새벽부터 고추를 따고 있었다. 고추 수확을 시작하는 8월은 오전 9시만 되어도 한낮이다. 특히 비닐하우스 안에 있으면 7시부터 더운 기운이 스멀스멀 올라온다. 속도는 어찌나 더딘지 한 시간을 따도 돌아보면 2미터나 왔을까? 아직도 가야 할 길이 18미터는 남았는데, 이런 18…. 새빨개 보여서 땄건만 뒷면에 보이는 영롱한 초록빛이 그렇게 얄미울 수 없다.

　9시가 넘어 몸에 열은 오르고, 아직도 딸 고추는 많이 남아 눈앞이 캄캄했다. 게다가 두 얼굴의 고추에 약이 바짝 올라서 내 얼굴까지 익어갔다. 그때 저쪽 하우스 문으로 누군가 들어왔다. 영우네 아주머니, 아저씨다. 깜짝 놀란 어머니가 물었다. "아니, 이게 웬일이야? 어떻게 왔어?" "아까 전화했더니 고추 딴다면서요. 진작 말씀하시지, 더 일찍 오게." 아주머니가 하노이 미녀보다 더 예뻐 보였다.

　한숨만 가득했는데 특급 도우미 부부가 오니 분위기가 확 바뀌었다. 침묵 속에서 일하던 어머니, 아버지의 입이 터졌다. 내 얼굴에도 웃음꽃이 활짝 피었다. 요즘 나는 돈 주는 사람보다 일 도와주는 사람이 더 좋다. 해가 높아지면서 기온은 올랐지만 하우스 안의 공기는 점점 시원해지는 듯했다. 일을 마치고 고추밭을 나올 때 우리 다섯은 모두 땀에 절어 있었다. 하지만 모두 웃고 있었다.

요즘 농촌에는 두레나 품앗이 같은 것이 없다. 아버지가 젊었을 때는 있었다고 하는데, 나는 경험하지 못했다. 일손이 필요하면 일가친척을 부르거나 도시의 지인들에게 도움을 청한다. 시골의 정이 사라져서 그런 건 아니고, 농부들이 다들 나이가 들어 남의 집 일까지 할 처지가 못 돼서 그렇다. 다행히 우리에게는 철마다 일손을 돕는 든든한 지원군이 있다. 이름하여 행복친목회!

오래된 인연

어머니는 1950년 한국전쟁이 터지기 바로 전에 태어났다. 영우네 아주머니, 아저씨는 전후 베이비붐 세대의 대명사인 '58년 개띠'다. 아주머니는 옆 동네에서 시집왔고, 아저씨는 어머니와 한동네에 살았다. 어머니는 어린 아저씨에게 등을 내주었고, 아저씨는 예쁜 '정순이 누나'에게 업혀 컸단다. 평생 이렇게 우리 집 일을 도와줄 줄 알았으면 업히지 말았어야 했는데. 나의 지게처럼….

이장 일을 보던 아버지는 영우네 아저씨와 호형호제하며 친하게 지냈다. 30여 년 전 일자리, 자녀 교육 등의 문제로 농촌의 젊은 부부들이 대거 도시로 떠났는데, 영우네 집도 그때 의정부로 나갔다. 얼마 뒤 나도 고등학교에 가기 위해 의정부로 떠났고, 대학생인 형과 1년을 같이 자취했다. 그런데 문제가 생겼다. 형이 병역의 의무를 다하기 위해 군대에 가는데, 나는 어디로 가지? 혼자 살아야 하나?

부모님에게는 큰 고민이었다. 혼자 자취하게 할 수도 없고, 모르는 사람에게 하숙시키기는 싫고…. 그 고민을 영우네 아주머니에게 털어놓았을 때 그녀는 망설이지 않고 말했다. "제가 데리고 있을게요. 그냥 밥만 해주면 되는 거 아니에요?" 그렇게 영우네 아주머니는 2년 넘게 나의 아침밥과 점심 도시락을 챙겨주었다. 아저씨는 내가 행여나 나쁜 길로 빠지지 않을까 늘 마음을 썼다.

일단 자식을 맡겼으니 자주 들여다봐야지. 부모님과 영우네 아주머니, 아저씨는 그 이후로 말할 수 없을 정도로 친밀해졌다. 그런데 한번 올라올 때마다 인연이 늘었다. 아주머니의 두 언니네 부부, 이웃집에 사는 세 부부 등. 어느덧 내게도 소중한 이들이라 정리를 해보자면 큰이모네, 슈퍼 이모네, 영우네, 미진네, 미란네, 은혜네 그리고 우리 부모님까지 일곱 집 열네 명이 행복친목회가 되었다.

어머니가 아저씨를 업어주면서 시작되고, 아주머니가 나의 밥을 챙겨주면서 발전했으며, 특별한 일이 없어도 이웃 간에 자주 들여다보면서 완성된 행복친목회다. 이 모임이 얼마나 좋으면 부모님은 시도 때도 없이 의정부에 나간다. 가서 무얼

했는지 물으면 답은 늘 비슷하다. "국수 삶아 먹었어." "떡 해서 나눠 먹었어." "뻥(화투로 하는 보드게임의 일종) 쳤어." 그게 그렇게 재미있다고요?

부모님이 나가는 만큼 의정부 사람들도 포천에 온다. 봄에 못자리, 모내기부터 여름에 마늘, 감자 캘 때, 그리고 늦가을에 펼쳐지는 김장 캠프까지 우리의 모든 논과 밭 그리고 밥상에도 그들의 흔적이 잔뜩 묻어 있다. 영우네 아주머니는 늘 말한다. "일하러 오는 거 아니야. 놀러 오는 거야." 아저씨는 말한다. "내가 너희 부모님한테 받은 게 얼마나 많은데. 그걸 잊으면 내가 사람도 아니다."

일과 놀이

지난봄 내가 '볍씨 찜'을 만드는 바람에 토요일로 잡았던 일을 갑자기 월요일로 바꾸었다. 못자리는 열 명 이상이 반드시 필요하다. 모판을 기계에 넣고, 흙을 붓고, 씨를 뿌리고, 흙을 덮고, 모판을 비닐하우스로 나르고, 모판을 줄 맞춰 놓고…. 행여나 사람이 부족할까 봐 아버지는 전화에 불이 나게 연락을 돌렸다. 친목회 회원들은 각자의 일정을 조정해 모두 참석했다. 자기 일도 이렇게는 안 하겠다.

문제는 은혜네였다. 토요일에 못자리 일을 마치고 일요일에 아주머니의 친정집이 있는 전라남도에 갔다가 며칠 머물고 돌아올 계획이었다. 그래서 변경된 일정에 은혜네는 오지 못할 줄 알았다. 그런데 월요일 아침 일찍 은혜네 아주머니, 아저씨가 문을 열고 들어와서 깜짝 놀랐다. "아저씨, 어디 가신다면서요? 어떻게 오셨어요?" "내가 안 오면 저 형님들이 욕해! 어제 열 시간을 운전해서 갔다 왔네." 다음 날 은혜네는 다시 내려갔다.

행복친목회에서 은혜네는 가장 젊은 부부다. 그래서 만날 싸운다(나쁜 의미는 절대 아니다). 조용히 고추를 따고 싶으면 은혜네 아주머니, 아저씨를 멀리 떨어뜨려 놓고, 재밌게 따고 싶으면 옆줄에서 나란히 따게 하면 된다. 그날도 더 뜨거워지기 전에 얼른 따버리자고 비닐하우스에서 고추와의 속도전을 벌이고 있을 때였다. 무슨 말을 해서 그랬는지 기억나지 않지만 둘은 또 티격태격하고 있었다.

수세에 몰린 아저씨가 나에게 물었다. "자네 생각은 어때? 내가 잘못했나?" 못 들은 척 다 들은 내가 답했다. "요즘 세상에 여자 말 듣는 남자가 어디 있어요?" 아저씨는 만족한 듯 웃었고, 아주머니는 손을 멈추고 나를 바라봤다. 나는 재빨리 말을 이었다. "여자가 말할 때까지 기다리면 어떡해요? 말하기 전에 남자가 알아서 잘해야죠!" 아주머니는 빵 터졌고, 아저씨는 씁쓸한 표정으로 말했다. "버렸네, 버렸어!"

이때부터 나는 아주머니들 편이 되었다. 같이 일하며 사는 이야기, 부부 이야기를 두런두런 나누면 재밌고 많은 걸 배운다. 그때마다 아직 소년 같은 아저씨들은 "일하라고! 노닥거리지 말고!"라고 외친다. 아주머니들은 등을 돌리지도 않고, 귓등으로도 듣지 않는다. 그런데 아저씨들은 알까? 내가 이렇게 아주머니들과 가까워져야 아저씨들 입에 들어가는 소주병의 숫자가 늘어난다는 것을.

농사일은 사람 한 명이 늘면 일은 두 배로 줄어든다. 아버지와 둘이 일하면 보통 침묵의 강이 흐르는데 아주머니, 아저씨들이 오면 일이 한없이 가벼워져 풍성한 이야기꽃이 피어난다. 가끔 이게 대화인가 싸움인가 싶을 때도 있다. 일의 긴장감을 높이려는 듯 목소리가 서서히 높아진다. 그럴 때마다 아주머니는 말한다. "효원아, 우리 싸우는 거 아니야!" 일은 그렇게 놀이가 된다.

느린 게 좋은 날

몇 해 전 가을, 들깨를 터는 날이었다. 도리깨질을 앞마당에서 할 예정이라 이미 베어놓은 들깨를 가지러 밭에 갔다. 들깨를 트럭에 싣다 보면 들깨 더미가 사람 키보다 훌쩍 높아지는 시점이 있다. 젊은 농부가 잘 쌓을 줄 알고 아저씨들은 나를 올려 보냈다. 그런데 하는 게 영 시원치 않았는지 가장 연장자인 큰이모부가 손짓했다. "내려와. 내가 올라갈게!" 과연 육체노동에 잔뼈가 굵은 베테랑이라 기가 막히게 쌓았다.

점심 먹을 때 큰이모부가 소주잔을 내밀었다. 할아버지의 슬기롭지 못한 음주 생활로 술을 입에도 대지 않는 아버지 때문에 나는 부모님 집에서는 술을 절대 먹지 않는다. 그렇게 몇 번을 빼다가 내가 뭐라고 빼나 싶고 안주가 환상적이기도 하여 (능이백숙이었다) 눈 딱 감고 한입에 털어 넣었다. 나도 좋지만 이모부가 더 좋아했다. "이 집에 별종이 생겼네. 하하!" 같이 일하고 술잔을 나누며 어른과 정을 쌓았다.

2024년 초여름, 큰이모부가 입원했다는 소식을 들었다. 연세가 있지만 워낙 건강했던 터라 별일 없을 줄 알았다. 하지만 이모부는 퇴원하지 못하고 그대로 세상을 떠났다. 1970년대에 베트남전에 참전했는데, 고엽제 후유증으로 병세가 갑자기 악화하는 경우가 참전용사들 사이에 많이 있다고 했다. "올해도 들깨 털러 오셔야 해요!"라고 했을 때 큰이모부는 웃으며 "응!" 하고 답했다. 하지만 그는 그 약속을 지키지 못했다.

2025년 늦은 봄, 행복친목회를 바짝 긴장하게 만든 사건이 있었다. 영우네 아주머니가 건강검진을 했는데, 좋지 않은 징후가 있어 정밀검사를 해야 했다. 열흘이 넘도록 우리 집의 공기가 무거웠다. "좋은 사람이라 별일 없을 거야"라며 긴장한 서로를 다독였다. 월요일 아침, 대학 합격 소식을 기다리는 마음으로 전화를 기다렸다. "괜찮다"는 한마디에 우리 식구는 만세를 불렀다.

마음고생한 아주머니, 아저씨를 위로하기 위해 함께 오리고기를 먹으러 갔다. 내가 구워서 대접하려 했는데 어른들이 또 나를 먹여주었다. 내가 한 건 계산뿐. 가게 문을 나올 때 아주머니는 웃으며 말했다. "잘 먹었어. 고마워." "아줌마, 이런 건 매달 사드릴 수 있어요. 다음 달에 또 와요. 나 아줌마, 아저씨 없으면 농사 안 지을 거예요. 앞으로 30년은 더 농사지어야 하니 건강하셔야 해요!" 순간 아주머니의 눈시울이 붉어졌다.

공동체에서 수십 년을 함께한 어른들이 하나둘 세상을 떠날 때 아버지는 슬픈 눈으로 말했다. "죽기 아까운 사람인데…." 그 말의 깊은 의미를 나는 행복친목회를 보고 알았다. 작은 것도 나누고, 서로에게 관대하며, 힘든 일을 가리지 않는다. 고생할 줄 뻔히 알면서도 언제든지 내려오는 이들을 보며 자기 몸을 내어주는 것이, 없는 시간을 내어주는 것이 사랑임을 배웠다. 이들이 사라지면 이런 공동체가 세상에서 사라질 것만 같다. 이런 그들이 귀해서 시간이 느리게 갔으면 좋겠다. 이런 그들과 함께라면, 느린 게 좋은 날이다.

12
빈집의 영혼

영화 기자로 활동하던 시절 인터뷰 잘한다는 소리를 종종 들었다. 힘겹게 글을 쓰는 나를 위로하기 위해 짜낸 칭찬인지도 모르겠지만, 좋은 소리를 들으니 사람 만나는 게 설레고 좋았다. 배우 차예련 씨와 시종일관 낄낄대다 그걸 그냥 써버린 기사도 재미있었고, 배우 김인권 씨를 만난 것도 기억에 남는다. 생각보다 말이 없어 처음에는 힘들었지만, 한 시간이 지나고 그의 마음이 열리면서 대화가 한없이 깊어졌다.

김인권 씨가 마음을 연 것은 순전히 나의 시간 덕분이다. 인터뷰 일정이 잡히고 그가 출연한 모든 작품을 찾아봤다. 영화로 볼 수 없는 것은 주말에 도서관에 가서 대본집으로 봤다. 그는 내가 자기 삶의 기록을 충실히 따라왔다는 걸 발견하고 어느 곳에서도 하지 않은 이야기를 꺼냈다. 사무실로 돌아오는

지하철에서 그로부터 메시지를 받았다. "즐거운 대화였습니다. 고맙습니다."

시골에 내려와 공동체에서 소식지를 만들면서 많은 사람을 만났다. 그중 할머니, 할아버지들이 유독 나를 반겼다. 손대면 톡 하고 터질 것처럼 50, 60년이 훨씬 넘는 시간의 강을 쉴 새 없이 넘나들며 이야기보따리를 풀었다. 전래동화 혹은 흥미진진한 현대사급 이야기가 펼쳐지면 나는 하염없이 고개만 끄덕였다. 이야기에 심취해 어른들의 얼굴이 벌게지고 이러다 숨 넘어갈 것 같으면 냉수를 그 앞에 들이밀었다.

처음부터 그냥 나를 좋아해 공동체에 쓰라고 후원금을 넉넉히 주던 순 할머니. 그분은 무릎 수술을 받으러 병원에 갔다가 돌아오지 못하고 그대로 세상을 떠났다. 평생 싱글로 살면서 노부모를 모시다가 나중에는 암 투병 중에도 아픈 조카를 돌본 숙 할머니. 그분은 우리 아이들을 유난히 좋아했다. 100세가 넘어도 끝까지 눈빛이 맑았던 관 할아버지. 언제나 나를 보면 아무 말 없이 따뜻한 미소로 한참을 안아주었다.

아저씨, 아저씨!

결혼하고 얼마 지나지 않아 갑자기 옆집에 한 사내가 나타났다. '이사'라고 하지 않은 이유는 그 집이 사람 살 만한 곳이 아니었기 때문이다. 수십 년 전 어느 돈 많은 여사님이 별장으로 쓰려고 돌로 지은 집인데, 당시만 해도 폐가나 흉가라는 말이 더 어울렸다(그 많은 돌을 젊은 아버지가 개울에서부터 들어 날랐다고 한다). 어려서부터 친구들은 그 집을 '귀신의 집'이라고 불렀다.

원 아저씨는 파킨슨병을 앓고 있었다. 전직 경찰이었다는데, 그건 내가 알 바가 아니었다. 그저 근무력증을 앓는 나와 마찬가지로 자기 몸을 마음대로 쓸 수 없다는 공통점을 발견하고 서로를 측은하게 바라봤다. 여름에 감자를 캐면 쪄 먹으라고 가져다주고, 가을에 추수하면 쌀을 문 앞에 내려놓았다. 명절 때가 되면 어머니는 음식을 해서 나를 불렀다. "옆집에 가져다줘라. 혼자 있는데 뭐라도 먹어야 덜 쓸쓸하지."

그는 많은 시간 혼자였던 터라 항상 날 그렇게 반겼다. 멀리서 내가 보이면 뒤뚱뒤뚱 느린 걸음으로 다가와 말을 건넸다. 어느 날은 논에 갔다 왔는데 누군가 집 앞에 있는 풀을 깎은 흔적이 보였다. 듬성듬성 삐뚤빼뚤, 깎은 지 보름은 지난 것처럼 보이는 풀밭 뒤편으로 낫을 들고 가는 그의 뒷모습이 보였다.

"아저씨, 힘든데 뭘 그런 일을 해요?"

"고마워서 그러지, 고마워서!"

"아프지나 마요. 밥 잘 챙겨 먹고요!"

시간이 지나면서 나의 몸은 좋아졌지만, 계절이 지나면서 그의 몸은 점점 굳어갔다. 처음에는 주변에 집이 딱 두 채밖에 없어서 강제로 그를 관찰했는데, 이제는 그가 안 보이면 불안해 일부러 관찰했다. 추운 겨울날이었다. 어제저녁에 봤는데 오늘은 종일 그가 보이지 않았다. 아이들 챙기느라 신경을 못 쓰다가 해가 지고 나니 번뜩 정신이 들었다.

당장 옆집으로 달려갔다. 닫힌 문은 아무리 두드려도 열리지 않았다. 불길한 마음에 급하게 창문을 뜯고 들어갔다. 거실에 쓰러져 있는 원 아저씨가 보였다. 몸은 차갑고 딱딱하게 굳어 아무런 미동도 없었다. "아저씨, 아저씨!" 어둠 속에서 그의 등을 세게 내리쳤다. 무거운 침묵이 흐르는 가운데 "아파요"라는 그의 미세한 목소리가 들려왔다. "아저씨 왜 이래? 조금만 참아요, 119 부를 테니까. 죽으면 안 돼요!"

구급차에 원 아저씨를 태워 보내고 바로 차를 끌고 따라갔다. 응급실에서 만난 그는 의식은 돌아왔지만 몸은 주체하지 못했다. 더러워진 옷을 모두 벗기고 환자복으로 갈아입혔다. 그의 깡마른 알몸을 보고 속으로 절규했다. '이렇게 가면 안 된다, 이렇게….' 그는 작은 목소리로 말했다. "미안해요. 고마워요." 중환자실로 옮긴 그를, 원 아저씨 형의 반대로 나는 다시 볼 수 없었다.

할멈이…

우리 아버지가 냉정리 논을 샀을 때 주변의 시선이 곱지 않았다. 한탄강댐 수몰지에 있던 논을 보상받아 산 논인데, 그 땅이 하필이면 어느 문중 땅으로 소작하는 사람이 여럿이었다고 한다. 같은 관인면이지만 다른 동네에서 온 사람이 그 마을에서 여럿이 농사짓던 땅을 단번에 빼앗아 갔으니 미움받을 만도 하다(아버지의 미움받을 용기 덕에 나는 편하게 농사짓는다).

아버지, 어머니도 소작하던 땅을 빼앗겨본 적이 있어서 땅없는 설움을 누구보다 잘 안다. 그래서 부모님은 항상 주변의 농부들을 친절하게 대했다. 어려서부터 인사 잘하기로 소문난 나는 논에서 만나는 모든 이에게 인사했다. 아랫논의 태 할아버지도 그중 한 명이다. 처음에는 인사도 잘 받아주지 않았다. 한참 일하다가 등이 뜨거워 돌아보면 그가 나를 쳐다보고 있었다. 그러면 일부러 더 큰 목소리로 인사했다. "안녕하세요!" 그는 모르는 척 고개를 돌렸다.

1년쯤 지났을까? 가을에 벼를 베기 전 콤바인이 들어갈 자리를 미리 낫으로 베어놓고 있었다. 한탄강CC 건너편 논에서 "망할 골프 치는 놈들" 하며 낫질하고 있는데, 태 할아버지가 어느덧 내 뒤에 와 있었다. "누가 낫질을 그렇게 해? 학교에서 낫질은 안 배웠어?" 그는 벼를 잡는 방법을 가르쳐주고 낫의 방향이 중요하다며 직접 시범을 보여주었다. "앞으로 낫질은 이렇게 해. 알았지?"

그로부터 몇 년이 지났다. 그사이 태 할아버지와 나는 서로 안부와 음료, 웃음을 나누는 사이가 되었다. 그런데 아버지에게서 그가 땅을 판다는 소식을 들었다. "요즘 젊은 놈들 일하는 거 마음에 안 드는데, 몇 년 지켜보니 이 집 부자는 그래도 논을 믿고 맡길 수 있겠어"라며 꼭 우리에게만 판다고 했다. 그토록 땅에 대한 애정이 큰 사람이 왜 갑자기 땅을 팔려고 하지?

토지 매매 서류를 작성하기 위해 태 할아버지와 농어촌공사에 갔다. 그의 표정이 좋지 않았다. 그 마음은 충분히 짐작할 수 있었다. 책상에 나란히 앉아 서류를 쓰려는데 그가 나를 조용히 불렀다. "저기, 나 이것 좀 써줘. 내가 글을 몰라." 평소 악필로 유명한 나는 최대한 바른 글씨로 그의 이름을 적었다. 일을 다 마치고 식당에 마주 앉아 밥을 먹었다. 막걸리 한 사발을 들이켠 그는 방금 자기 손을 떠난 땅 이야기를 해주었다.

"이 땅이 내가 40년 전에 산 땅이에요. 할멈이랑 한 달 넘게 새벽 2시에 나가서 남의 논에 모내기를 해주면서 모은 돈으로 평당 40원에 샀어요. 이 땅 덕분에 그동안 힘은 들었어도 큰 탈 없이 살 수 있었어요. 내가 이 땅을 어떻게 파나 싶었는데, 할멈이 떠나고 나니까 이 땅을 가지고 있어서 뭐 하나 싶은 생각이 들었어요. 자식이 돈 필요하다는데 팔아서 주는 게 낫지. 사는 게 그러네. 할멈이 없으니까, 할멈이…"

갑작스러운 태 할아버지의 존댓말에 당황했고, 땅에 담긴 그들의 이야기에 마음이 저렸다. 그에게는 행여나 자식이 내려오면 주려고 남겨놓은 땅이 아직 있다. 그 논에 왔다가도 이제는 남의 땅이 된, 과거 자신이 일했던 땅 앞에 서서 말하곤 했다. "잘했네, 잘했어." 그는 자식을 부탁하듯 나에게 친절하게 대하다가 얼마 후부터 보이지 않았다. 요양원에 들어간 지 얼마 지나지 않아 그는 할멈 곁으로 떠났다.

매운 새우깡

늦은 밤에 오는 전화는 반갑지 않다. 보통은 급한 일인데, 대부분 안 좋은 일이다. 그날도 잠자리에 들려고 하는데 어머니에게서 전화가 왔다. "수 할머니가 쓰러져서 119 불렀대. 네가 가봐야 할 것 같아!" 수 할머니는 자손과 함께 살지 않아 평소 어머니가 많이 챙겼다. 아버지는 다음 날 출근해야 해서 내가 보호자로 포천병원에 갔다. 그녀는 원 아저씨가 있던 병상에 누워 있었다.

의식이 없었다. 환자의 상태가 좋지 않으니 의정부성모병원으로 가라고 했다. 그녀가 살아나 꼭 돌려받기를 바라는 마음으로 병원비를 수납했다. 성모병원 응급실 대기실에서 밤을 꼬박 새우고, 아침에 그녀가 깨어났다는 소식을 듣고 일단 집으로 돌아왔다. 낮에 어머니와 함께 가서 응급실에 있는 수 할머니를 만났다. 앞으로의 일을 걱정하며 대기실에 앉아 있는데, 간호사가 다급하게 불렀다. "환자가 자꾸 일어서려고 해서 난리예요!"

그런 일이라면 내가 가는 게 낫지. 대단한 힘은 아니지만 농사지으며 틈틈이 근육을 만들어놨으니. 병실에 들어가 보니 수 할머니는 밤새 그 소동을 벌인 사람이라고는 믿기지 않을 만큼 건강해 보였다. 하지만 너무 건강한 게 탈이었다. 나가겠다며 침대 밖으로 나오는데, 하마터면 마흔의 남성이 팔순의 할머니에게 밀려 뒤로 넘어질 뻔했다. 경운기를 자전거 몰듯 타던 그녀라 힘이 장사였다.

"배고프다"는 말을 연신 하는 걸 보니 아직 정신이 온전히 돌아오지 않은 모양이었다. 집에 할머니를 혼자 둘 수 없어 상태가 호전될 때까지 요양원에 있기로 했다. 다행히 수 할머니는 얼마 후 나와 함께 집으로 돌아왔다. 돌아온 지 얼마 되지 않아 병원비를 돌려준 것으로 보아 평소 남에게 빚지길 싫어하는 그녀가 다 나은 듯해 기뻤다. 그녀는 나를 볼 때마다 '생명의 은인'이라며 고마워했다.

수 할머니는 명절에 찾아오는 이가 없다. 나는 재인이와 은산이를 데리고 설날과 추석, 1년에 두 번씩 인사를 하러 간다. 그녀는 엿이며 사탕이며 아이들이 먹지 않는 것만 잔뜩 꺼내 놓았다. 간식에 대해 주관이 뚜렷한(혹은 입이 짧은) 아이들은 아무것도 먹지 않고, 옛날이야기만 잔뜩 듣고 집을 나섰다. 아이들이 안 먹는 게 마음에 걸렸는지 그녀가 물었다. "무슨 과자 좋아해?" 별생각 없이 내가 좋아하는 과자를 말했다. "새우깡이요!"

다음 설날, 수 할머니는 회심의 미소를 지으며 서랍에서 노래방 새우깡 두 봉을 꺼내놓았다. "아이들 온다고 며칠 전 마트에 가서 사 왔어. 아무리 애들이라도 아빠 따라오는 게 얼마나 고마워. 많이 먹어. 얼마든지 사줄 테니까. 너희들 보는 게 내 낙이야, 낙!" 이후 몇 년 동안 먹어도 먹어도 끝이 없는 새우깡만 먹은 아이들이 읍소했다. "아빠, 매운 새우깡으로 바꿔달라 그러면 안 될까?"

좁고 낡은 집에 사는 수 할머니는 항상 아이들에게 용돈을 10만 원씩 준다. 아이들은 최선을 다해 밀어내지만, 나도 못 이길 뻔한 그 힘을 이길 수 없다. "너희 아빠한테 고마워서 그래. 이 할머니 살려줬잖아. 아빠가 병원비 150만 원도 내줬어. 세상에 그런 사람이 어디 있어? 나 죽으면 못 받는 건데!" 엥? 어느새 세 배가 늘었지? 게다가 그것도 다 돌려줬으면서. 음, 그럼 딱 30배까지 가봅시다!

김 사장은 친구들과의 골프 회동을 도시락에 비유한다. 모든 걱정을 뒤로하고 웃고 떠드는 그 시간을 고이 모아 힘들 때 하나둘 꺼내 먹는단다. 나에게 이들이 그렇다. 아파서 시골에 내려와 한없이 약해진 나에게 오히려 위로받았다며 '나'라는 꺼져가던 불씨를 다시 타게 만들었다. 그들은 떠나고 빈집만 남았지만, 그들의 이야기는 여전히 내 마음에 남아 있다. 빈집의 영혼들이 나를 향해 외치는 응원 소리가 들린다.

13

귀한 이름, 일상

　파란 하늘에 바람이 살랑거리는 날에는 문득 도시락 싸 들고 시원한 나무 아래 눕고 싶은 충동이 든다. 도시락? 이미 삼식이 생활을 하는 중년 남성이 부천댁에게 추가 노동을 강요할 수는 없다. 편의점에서 사면 되지만 우리 집 근처에는 편하게 갈 만한 곳이 없다. 가장 가까운 편의점이 차로 왕복 20분. 옷 갈아입기도 귀찮고 자원을 그렇게 쓰기도 싫어서 그냥 나무 그늘에서 잠시 바람만 쐬고 온다.

　시골에 산다고 하면 도시 사람들은 묻는다.

　"치킨 배달 와요?"

　"네, 한 열 마리 시키면요."

　"짜장면은요?"

　"그것도 한 열 그릇 시키면 오는데, 다 불어서 와서 안 시켜

먹어요."

배달이 없는 삶. 내가 15년째 살아가는 일상이다. 부천 처가에 가면 장모님이 항상 열심히 저녁을 차려주는데, 나는 애써 말린다. "어머니, 우리 아이들도 배달 음식을 체험하고 싶어해요. 기회를 좀 주세요!"

가끔 도시에 나가면 깜짝깜짝 놀란다. 지하철역에서 나와 섰을 때 한눈에 들어오는 사람의 수가 지난 1년 동안 내가 본 사람보다 많다. 시골에 있을 때는 '저출생' '인구 소멸 위기' 같은 말이 대단히 심각하게 다가왔는데, 도시에 가면 '아직 사람 많네!'라는 생각에 소극적 안도감이 든다. 작년 겨울 광화문에 갔을 때 수많은 젊은이를 보고는 가슴이 뛰었다. '아직 우리에게 희망이 있다는 말이지!'

편의점, 문화시설, 여가시설은 없어도 내향형인 나는 우리 동네가 좋다. 봄이면 뒷산에서 상큼한 싱아를 뜯어 먹고, 이제는 먹을 사람도 없어 동네 오디를 혼자 다 따 먹는다. 집 앞에 자라는 딸기는 작고 볼품없지만 제철 딸기의 향을 오롯이 품고 있어 좋다. 버드나무 꽃가루가 사방에 날리면 환상의 세계에 온 것 같고, 열심히 일하고 돌아와 느티나무 그늘에 앉아 서산으로 지는 해를 보는 것도 좋다.

'시골에서 잘 살려면 무엇을 준비해야 할까?' 행여 누군가 물어올까 싶어 10년 넘게 고민했지만, 아무도 묻지 않은 질문이다. 그 공이 아까워 굳이 답하자면 음악, 글쓰기 그리고 사람이다. 음악은 풍경에 더해져 휴식을 주기고 하고, 신나게 달리게도 하며, 일상을 다채롭게 만든다. 또 정성껏 준비한 무대를 보면 나도 열심히 살아 멋진 사람이 되고 싶다는 열망이 생긴다. (돈도 되지 않는) 글쓰기는 나를 조금 깊게 만들어 때로는 힘겨운 시골의 삶을 견디게 한다. 글을 쓰기 위해 옛일을 떠올려보면 막연했던 흑백의 기억이 생생히 되살아나는 것 같아서 좋다. 시골에 사람이 없다고 하지만 잘 찾아보면 마음 맞는 사람 서넛은 꼭 있다. 포천은 동네마다 도서관이 잘 되어 있는데, 그곳에서 좋은 책친구, 술친구를 만날 수 있다.

최근 추가된 것이 하나 있는데, 바로 더위 참기다. 아주 뜨거운 날은 어쩔 수 없지만, 적당히 더운 날에는 에어컨 바람을 과감히 포기하고 밖으로 나가면 좋다. 나무 그늘과 시원한 바람이 주는 휴식이 그렇게 상쾌할 수 없다. 세상에서 가장 시원한 바람은 강한 바람이 아니라 열심히 일해 이마에 땀이 맺혔을 때 맞는 바람이다. 어쨌든 나는 시골의 일상이 좋다.

논둑이 터졌어

2025년 이른 봄, 논을 갈고 물을 대려고 하는데 비 예보가 떴다. '온 국민이 힘들어하는 것을 하늘도 알고 물을 내려주시

느구나!' 싶어 냉큼 물꼬를 다 막았다. 예보대로 비가 왔다. 그런데 많이도 왔다. 아버지에게 전화가 왔다. "논둑이 터졌어!" 이미 해는 졌고 아직 비는 그치지 않았지만, 그날 밤도 더 많은 비가 올 예정이라 지금 안 하면 논둑이 더 망가질 것이기에 곧바로 논으로 향했다.

작은 논둑이 터졌기를 간절히 바라며 갔는데, 내 키보다도 높은 논둑이었다. 이것은 논둑인가 계곡인가. 강한 물살이 흐르고 있었다. 하필이면 수로와 붙어 있는 논이라 물살이 강해서 흙을 쌓기도 어려웠다. 쥐나 뱀이 뚫어놓은 작은 구멍에 물이 들어가고 흙이 쓸려 내려가 구멍이 점점 커지다가 아예 논둑이 끊어진 것이다. 여름에는 논둑에 있는 풀이 흙을 잡아주는데, 겨울을 보낸 논둑은 그런 힘이 없었다.

바닥에 놓아도 물에 쓸리지 않을 큰 돌이 필요했다. 나는 눈에 불을 켜고, 아버지는 트랙터 라이트를 켜고 찾았다. 지금 이 순간은 세상의 어떤 보물보다 돌이 제일 귀하다. 다행히 우리는 오랜 시간 여기서 일했기 때문에 돌이 어디 있는지 대충 알고 있었다. 하지만 생각지 못한 게 있었으니, 큰 돌은 무겁다는 사실이었다. 바위를 트랙터에 싣는데 허리에서 쩍쩍 갈라지는 소리가 들렸다.

이른 봄비는 차갑고, 앞은 잘 보이지 않고, 온몸은 눈치 없이 머드 축제나 즐기고 있었다. 그나마 다행인 점은 큰 돌이 필요한 만큼 충분히 있었다는 것, 일을 마쳤을 때 빗줄기가 더 강해져 고생이 헛되지 않았다는 것, 날이 어두워 허리 통증 때문에 찡그린 내 표정을 아버지가 보지 못했다는 것. 여름철 장마에는 논둑을 많이 고쳐봤지만, 모내기 전에 이러기는 처음이었다.

평생 농사를 지은 아버지는 시계가 필요 없다. 몸에 알람 장치라도 있는지 항상 새벽 4시면 일어난다. 그런 아버지를 보고 미안한 마음이 들었지만, 내 몸에는 미안하고 싶지 않아 분연히 선언했다. "가끔 5시 전에 나가는 건 괜찮은데, 매일 4시 조금 넘어서 나가는 건 심하지 않소? 난 빠지겠소!" 더 말하기가 귀찮은지, 아들에 대한 사랑인지, 아버지는 늘 혼자서 논을 보러 나간다.

아버지는 논둑의 풀을 깎으며 일출을 맞는다. 논둑에 제초제를 치지 않는 이유는 풀뿌리가 사라지면 장마철에 그 둑이 쉽게 무너지기 때문이다. 또 풀은 금방금방 잘 자라서 여러 번 깎아야 하는데, 자꾸 밟고 다니면 논둑이 튼튼해진다. 스포츠머리를 하고 길게 늘어선 논둑은 언제 봐도 예쁘다. 폭우가 쏟아질 때 논을 지키는 것이 수많은 잡초라는 사실을 알게 되어 기쁘다.

300 모기

"가물에 콩 나듯"이란 말이 있다. 날이 가물면 콩의 싹이 잘 자라지 못해 띄엄띄엄 나온다는 뜻이다. 논두렁 햄릿 신세를 못 벗어났을 때의 일이다. 봄부터 가물어 물을 주면서 콩을 심었다. 그래서 싹이 잘 나오고 어느 정도 컸는데, 여름에 더 큰 가뭄이 들었다. 잘 자라던 콩 줄기가 공손하게 인사하기 시작했고, 콩잎은 고난도 요가 동작을 하듯이 뒤로 젖혀졌다. 하늘을 봐도 일기예보를 봐도 구름 한 점 보이지 않았다.

이러다 내년에 콩국수는 못 먹겠다 싶어 저녁에 물을 주기로 했다. 뜨거운 여름에는 새벽에 일하고, 오후 4시까지는 충분히 휴식을 취해야 한다. 그렇게 일해도 땀은 하루에 한 바가지. 너무 더운 탓에 초보 농부는 헐렁한 반팔 티셔츠를 입고 갔다. 넓은 통 사이로 바람이 잘 들어오게 말이다. 개울 옆에 있는 밭이라 보통 그 물을 퍼서 썼는데, 개울물도 다 말라버렸다. 큰 물통에 물을 가득 채워 트럭에 싣고 밭으로 향했다.

어서 해가 지면 좋겠다 싶었다. 하지만 해가 져도 기온은 조금도 내려가지 않았고, 미세한 바람조차 불지 않았다. 그동안 어딘가 숨어 있던 모기떼도 나타났다. 땀에 절어 시큼한 향기를 내뿜는 내 몸이 모기에게 얼마나 매력적일까. 처음에는 수줍은 듯 조심스레 다가오더니 나중에는 아주 저돌적으로 달려

들었다. 무슨 사이렌도 아니고 "엥! 엥!" 소리가 주변에 가득했다. 나는 얼굴을 때리고 몸에 에프킬라를 뿌렸지만 아무 소용이 없었다.

졸졸졸. 트럭 물통에 연결된 호스에서 나오는 물줄기는 모깃소리보다 약했다. 콩마다 뿌리 옆에 일일이 물을 줘야 하니 속도를 낼 수도 없었다. '별 하나에 추억 하나'가 아니라 '콩 하나에 모기 한 방'이었다. 무심코 내려다본 팔뚝에 모기가 새카맣게 달라붙은 걸 보고는 울고 싶어졌다. 시원한 바람 대신 엉큼한 모기가 가슴에 막 들어와 찌찌를 깨무니 그저 반팔을 입은 내가 원망스러웠다.

그날 저녁 나는 '새빨간 벌크업'에 성공했다. 영화 〈300〉의 배우 같은 근육질 몸매가 된 것은 아니지만 온몸이 울룩불룩해졌다. 세어보지는 않았지만 300방도 넘게 물린 듯했다. 한여름 밤의 강제 헌혈 소동은 끔찍했지만, 거기서 나온 콩은 나의 피와 살이 되었다. 그 콩으로 만든 두부로 속을 채운 만두는 내 생일 최고의 메뉴가 되었다. 무더운 여름날 콩국수는 지난해의 악몽을 잊게 했다.

모기에게서 얻은 교훈이 있다. 날씨에 따라 농사일은 1이 되기도 하고 10이 되기도 한다. 세상에 안 그런 일이 어디 있겠느냐마는 농사는 날씨의 영향을 많이 받는다. 비 한번 오면 안 해도 될 일이 꼬박 하루가 걸리고, 때로는 몇 날 며칠을 매달려야 한다. 놀라운 사실은 1을 하든 10을 하든 수확량은 똑같다는 것이다. 아니, 10을 하면 오히려 더 안 나온다. 날씨의 변덕이 심해질수록 '적당히' 비 오고 '적당히' 해 뜨는 평범한 날씨가 귀하게 느껴진다.

2025년 7월 10일, '삼율리 워터밤 축제'가 열렸다. 역대급 폭염이 계속되고 하늘에는 구름 한 점 없어 아직 뿌리를 제대로 내리지 못한 들깨가 픽픽 쓰러졌다. 논에 물을 대고 돌아왔을 때는 벌써 별이 보일 만큼 어두워져 있었다. 아버지는 농업용 워터건을 들고 밭에 물대포를 쏘기 시작했다. 어머니는 소리도 없이 내 뒤에 나타나 사람 간 떨어지게 하고는, 플래시를 신나게 흔들며 물놀이에 동참했다.

흥겨운 워터밤이 진행되는 와중에 얼마 전 멧돼지가 출몰해 쓰러진 옥수수가 곳곳에 보였다. 아버지와 신속하게 울타리를 쳐서 더 이상의 피해는 막았지만, 그 흔적은 여전히 남아 있었다. 멧돼지는 호시탐탐 울타리를 넘을 생각을 하겠지만, 워워, 사람들 더 괴롭히지 말고 거기에 가만히 머물러 있거라!

진흙썰매

밖에서 보면 다 같은 논인데, 희한하게도 안에 들어가 보면 바닥의 느낌이 다 다르다. 깊은 논, 얕은 논, 흙이 진 논, 모래

논, 돌이 많은 논, 돌이 적은 논···. 가을이 되면 비슷한 황금 들녘으로 변하긴 하지만 매년 우리를 애먹이는 논이 있다. 언젠가 세 개의 논을 하나로 합치는 작업을 했다. 높은 논의 흙을 파니 그 안에 거대한 바위가 있었고, 그 바위를 꺼내는 과정에서 커다란 구덩이가 생겼다. 아무리 흙을 퍼부어도 발이 쑥쑥 빠진다.

1년 내내 하는 고생은 추수 때에 비교하면 애교다. 벼를 베서 밖으로 나와야 쌀이 밥이 되든지 돈이 되든지 한다. 별일 없기를 바라는 마음으로 봄부터 잔뜩 신경 써서 논을 말렸는데, 그해 유독 비가 일찍부터 많이 와 불안했다. 아니나 다를까, 다른 곳에서는 날아다니던 콤바인이 딱 그 자리에 가서 빠지기 시작했다. 1억이 넘는 고가의 장비이고 그날 할 일이 많이 남았다기에 그냥 나오라고 했다.

잠시 고민했다. 저거 얼마 되지도 않는데 그냥 저렇게 둘까? 아니야, 농부가 흔적을 남겨서는 안 되지. 들어가서 손으로 베기로 했다. 그래 봤자 80평 남짓이라 그리 오래 걸리지는 않을 거라 생각했다. "나는야 성실한 농부!" 콧노래를 부르며 트럭에서 빨간색 눈썰매를 꺼냈다. 이런 일이 생길지도 모른다며 챙겨온 장비다. 허벅지에 장화 끈을 단단히 묶고 호기롭게 논 안으로 들어갔다.

한 걸음, 두 걸음 벼와 가까워지면서 느꼈다. 아, 콤바인이 빠지는 데는 다 이유가 있구나. 마른 것도 아니고 안 마른 것도 아닌 진흙은 다리를 무는 힘이 대단했다. 눈썰매, 아니 진흙썰매에 벼를 가득 싣고 나오는데, 내가 살면서 경험한 가장 먼 20미터였다. 진흙은 엉덩이까지 빠지고, 다리를 빼다 중심을 잃고 넘어지고, 논과 환장의 물아일체를 경험하고는 여섯 시간 만에 임무를 완수했다. 그때 난 성실하지 않았어야 했다.

1800평 논에서 콤바인이 베고 간 면적은 1720평, 내가 직접 베서 끌고 나온 면적은 고작 80평. 콤바인이 작업한 시간은 한 시간, 내가 논바닥에서 구른 시간은 여섯 시간. 작업 능률의 압도적 불균형을 절감하고 후들거리는 다리를 주체할 수 없어 논 앞에 무릎을 꿇고야 말았다. '내년에는 그냥 콤바인이 다 벨 수 있게 해줘! 더 많은 수확은 바라지도 않을게. 그냥 평범하게 살게만 해줘!'

차를 끌고 서울에 가면 길이 꽉 막힐 때가 있다. 그때마다 부아가 치민다. 그저 차가 막혀서 그러는 게 아니다. 비가 안 오면 일이 많아지고, 더워지면 힘들다는 사실을 받아들이듯 도시에 차가 많다는 것쯤은 그냥 넘길 수 있다. 하지만 이렇게 보통의 얼굴을 하고 일상을 열심히 살아가는 수많은 사람에게 2024년 12월 3일 도대체 그들은 무슨 짓을 하려고 했던 거야! 그 이후 우리의 일상을 완전히 망가뜨린 그들을 향해 외친다. "이 개새끼들아!"

14
안씨네 개열전

"이 개새끼들아!"

나는 삽을 들고 분연히 일어났다. 눈앞에 들개 열일곱 마리가 삼각 편대로 열 지어 서 있었다. 얼마 전 초겨울의 일이다. 한 해 일을 다 마친 농수용 펌프 안에 남은 물을 빼려고 논에 갔다. 물을 빼놓지 않으면 겨울에 얼어서 그 단단한 쇳덩이에도 균열이 생긴다. 한창 쪼그려 앉아서 일하는데, 불현듯 뒤에서 싸늘한 기운이 느껴졌다. 가만히 뒤를 돌아보니 들개 무리가 가까이 와 있었다.

17 대 1의 아찔한 대치 상황. 예전의 나라면 겁을 먹었겠지만, 이제 더 이상 논두렁 햄릿이 아니란 말이다. 폭력은 싫지만 너희가 원한다면 기꺼이 상대해주마. 크게 심호흡하고 눈에 힘을 주는데, 싸우자고 달려든 개들치고는 너무 지쳐 보였다.

삐쩍 마른 녀석도 있고, 다리가 상한 녀석도 있으며, 저 뒤의 조그만 녀석은 머리에 리본까지 달고 있었다. 누군가 놀러 왔다가 버리고 가서 갈 곳이 없는 녀석들이었다.

눈에 힘을 풀고 삽을 가만히 내렸다. 개들은 눈치를 보면서 논에 고인 빗물을 핥아먹었다. 자리를 옮기려고 움직이자 녀석들은 일제히 줄행랑을 쳤다. 나의 위세에 우쭐하기보다 주인에게 버림받은 녀석들의 신세가 처량하게 느껴졌다. 한때는 사랑한다고, 다 해주겠다고 했겠지. 하지만 이제는 더 이상 필요가 없으니 버렸을 거야. 버림받는다는 것, 사람이나 개나 슬프기는 매한가지다.

부모님이 이 동네에서 산 70년 가까운 세월 동안 우리 집에 개가 없었던 적은 없다. 내 기억 속의 첫 번째 개는 메리다. 노란색과 흰색이 적당히 잘 섞여 아주 예쁜 발바리였다. 학교에서 돌아오면 가방을 마루에 던져놓고 메리를 안았다. 메리는 착 달라붙어 정성껏 내 입술을 핥았다. 지나가는 형이 말했다. "메리 방금 똥 먹었어!" 그제야 냄새가 느껴졌지만 차마 밀어낼 수는 없었다.

할머니는 그런 나와 메리의 사랑을 질투했다.

"저놈의 새끼는 집에 와서 할머니한테 인사도 안 하고 개새끼만 싸고돌고 있네. 아까 똥 처먹었다는데 더럽지도 않냐?"

"아니에요, 하나도 안 더러워요. 내가 입으로 다 닦아줬어요. 좋아서 그러는 건데 할머니가 왜 참견이에요?"

"이놈의 새끼, 할머니한테 말버릇 좀 봐라!"

"새끼, 새끼 하지 마세요. 듣는 새끼 기분 나쁘단 말이에요!"

나와 늘 긴장 관계에 있던 할머니가 몇 해 뒤 사고를 쳤다. 메리는 이미 세상을 떠났고 까만 개를 키웠는데, 추운 겨울이라 아직 온기가 남은 아궁이에 들어가 있었다. 그 사실을 모른 할머니는 아궁이에 불을 땠고, 까망이는 그 안에서 밤새 화마와 싸웠다. 개가 사라져 온 동네를 찾다가 하루가 지나 찾은 녀석의 몰골은 처참했다. 얼굴과 몸 곳곳에 시뻘겋게 그을린 화상 자국이 가득했다.

나는 마당으로 다닐 수 없었다. 다 아물었다고는 하나 그날의 흔적이 선명하게 남아 있었는데, 그 상처를 볼 용기가 없었다. 얼굴에 털이 하나도 안 남아 행군하는 군인이 물었단다. "양이에요?" 한 달이 지나서야 까망이의 상처와 마주하기로 했다. 반가워 꼬리를 흔들며 달려오는 모습이 뿌옇게 보였다. 까망이의 목을 붙잡고 한참을 울었는데, 울음소리가 커질수록 녀석은 더 힘차게 꼬리를 쳤다. 그때 나는 "할머니가 개를 죽이려고 했어!"라고 소리쳤다. 그런데 지금 나의 어머니와 아들이 살갑게 지내는 걸 보면, 그때 내가 심했다는 생각이 든다.

횡성 한우

결혼하고 얼마 지나지 않아 형이 깜짝 선물을 갖고 왔다. 귀여운 강아지 두 마리였다. 사전에 아무런 동의도 구하지 않고 소중한 생명을 두고 간 이것이 진정한 서프라이즈! 원주에서 왔다는 녀석들의 원래 이름은 '태풍'과 '하루'였다. 그런데 어머니가 자꾸 하루를 한우라고 불렀고, 농사짓는 집 개 이름에 태풍은 어울리지 않아 횡성으로 바꿨다. 횡성 한우. 부르기만 해도 침이 고이는 이름이다.

횡성 한우는 주인의 일거수일투족을 주목했다. 현관문 열리는 소리만 들려도 꼬리를 흔들고, 차를 끌고 돌아오면 멀리서부터 환영 인사를 준비했다. 이들의 시그니처 포즈가 있었는데, 두 발과 목줄을 이용해 꼿꼿하게 서 있기다. 이것은 개인가 미어캣인가, 위풍당당하여라! 내가 나타나면 자기들에게 올 때까지 항상 두 발로 서 있었다. 가까이 가서 "땡!"을 해야 그제야 이리 뛰고 저리 뛰고 난리를 피웠다.

횡성 한우는 신혼 초 나의 부부 고민 상담사였다. 결혼 생활을 쉽게 생각한 나는 자연스레 서로를 이해할 수 있을 줄 알았는데, 어느덧 부천댁과 싸우고 있었다. 어린 시절 형이 싸움을 받아주지 않아 싸움 경험이 미천한 나는 이기기보다 피하기를 택했다. 속상한 마음에 밖으로 나가면 항상 그들이 나를 위로

했다. 같이 산책하며 대화도 나눴다. "한우야, 네가 여자니까 말해봐. 내가 잘못했냐?" "멍!"

나와 산책하는데 둘이 갑자기 으르렁댔다. 처음엔 장난인 줄 알고 그냥 "하지 마!"라고 했다. 잠시 뒤 사나운 얼굴을 하고는 본격적으로 몸싸움을 시작했다. 서로 깨물어 피까지 났다. 3분 간의 혈투를 마치고 그들은 아무렇지 않았다. 하지만 나는 아무렇지 않지 않았다. 개가 싸우는 것도 이렇게 속상한데, 자식들 싸우는 모습을 보는 부모의 마음은 어떨까? 함부로 대들지 말라는 형의 큰 그림인가!

어느덧 부부간에 서로를 이해하기 위해서는 노력이 많이 필요하다는 사실을 깨달았다. 그 사이 횡성 한우는 어른이 되었다. 그러던 어느 날 횡성이가 초췌한 얼굴로 부들부들 떨고 있었다. 아버지 차를 타고 병원으로 가는 길에 횡성이를 안고서 하염없이 눈물을 쏟았다. "너 갑자기 이러는 게 어디 있어? 조금만 힘내, 거의 다 왔어! 횡성아, 횡성아!" 다행히 녀석은 기운을 차렸다. 아버지는 어머니에게 이렇게 말했다고 한다. "내가 죽어도 저렇게 울까…"

한차례 소동을 겪고 더 성숙해진 횡성 한우는 재인이의 좋은 친구가 되었다. 그들은 아장아장 걷는 아기가 행여나 걸려 넘어질까 요리조리 잘도 피했다. 그러던 어느 날 한우가 아팠다. 병원에 갔다 왔는데도 며칠 뒤 세상을 떠났다. 횡성이는 아무렇지 않은 듯했다. 하지만 아무렇지 않지 않았다. 얼마 지나지 않아 전날까지도 밥을 잘 먹다가 갑자기 한우 곁으로 떠났다.

재동이 은동이

횡성 한우가 떠나고 옆 동네 사는 큰어머니에게서 연락이 왔다. "우리 개가 새끼를 낳았는데, 내가 다 먹일 수가 없다. 얼마 전에 개 죽었다며? 두 마리 너희 집으로 데려가서 키워라." 혈통 좋은 진돗개 엄마와 족보는 알 수 없지만 성격 좋은 아빠 사이에서 태어난 강아지인데, 무척이나 귀여웠다. 아이들은 한 마리씩 품에 안고 이름을 지었다. "재인이 동생, 재동이 할래!" "은산이 동생, 은동이 할래!"

매일 달리기 시합이 펼쳐졌다. 재인이 1등, 은산이 2등, 재동이, 은동이 공동 3등! 시간이 지나면서 순위가 바뀌었다. 은동이(수컷) 1등, 재동이(암컷) 2등, 재인이, 은산이 공동 3등! 나는 압도적 1위로 항상 순위 밖이었는데, 어느덧 은동이, 재동이가 나보다도 훨씬 빨라졌다. 아이들은 아직도 아이지만, 개들은 어느덧 어른의 나이가 되었다. "얘들아, 밥값, 어른 노릇 좀 해 볼래?"

집 앞 길에 다니는 차가 없어 밤새 내린 눈이 순백의 미를 뽐내고 있었다. "얘들아, 개썰매 타러 가자. 은동이, 재동이가 끌어줄 거야!" 눈썰매를 개 줄에 묶고 아이들을 태웠다. 나는 개들 앞에서 달렸고, 개들은 나를 따라 열심히 뛰기 시작했다. 큰 개 두 마리는 아이 하나를 끌고 가기에 충분했다. 개썰매는 내가 지칠 때까지 계속됐다. 돌아와 헉헉대는 개들을 안아주며 말했다. "은동아, 재동아, 고마워!"

어느 날 아침, 밥을 주러 나갔을 때 은동이 밥그릇 옆에 쥐 한 마리가 죽어 있었다. "은동아, 이거 네가 잡은 거야? 잘했다. 잘했어!" 평소 자신을 사자라고 생각하는 은동이는 어깨에 잔뜩 힘을 주고 서 있었다. 평소 자신을 사람이라고 생각하는 재동이에게 말했다. "야, 넌 밥 먹고 뭐하냐? 은동이는 쥐도 잡잖아. 너도 잡아봐." 거짓말처럼 다음 날 아침 재동이 밥그릇 옆에 쥐 한 마리가 있었다.

2024년 12월, 재동이가 밥을 잘 먹지 못했다. 기운이 없어 평소처럼 나를 반기지 못했다. 무슨 일 나겠다 싶어 병원에 갔다. 약을 먹고 영양제를 맞았지만, 나아진 듯하다 다시 나빠졌다. 많이 아파 보이는데도 재동이는 아무 소리도 내지 않았다. 내가 속상할까 봐 울지도 않는 걸까? 하염없이 재동이를 지켜보다가 그의 숨이 끊어지는 순간을 보았다. 힘없이 축 늘어진 재동이를 들어 올렸는데, 여전히 따뜻했다.

은동이는 아무렇지 않은 듯 새해를 맞았다. 하지만 횡성이가 그랬듯 한 달이 지나 은동이도 몸이 안 좋아졌다. 하필 설 연휴라 병원에 갈 수도 없었다. 처가를 향해 집을 나서며 말했다. "은동아, 모레 병원 가자. 좀만 참아. 알았지?" 부천에서 돌아왔을 때 은동이는 자리에 없었다. 불길한 기운에 도착 전부터 흐느끼던 은산이는 끝내 통곡했다. 그리고 방에 들어가 적었다. "1월 31일, 은동이 없어진 날."

순동이, 재강이, 은강이

다시는 개를 키우지 않기로 했다. 나에게 무한한 신뢰를 보내고 한껏 정들었던 생명을 떠나보내는 일이 점점 힘들었다. 이제 남은 건 어머니 집에 있는 순동이, 재강이, 은강이 이렇게 세 마리다. 순동이는 어머니 이름을 따서 지은 이름인데(정순이 동생), 순둥이라는 이름이 더 어울릴 만큼 순해빠졌다. 덩치는 커다랗고 힘은 장사지만 감정형에 외향형이라 사람을 그렇게 좋아할 수 없고, 집을 지키는 데는 별 관심이 없다.

항상 같이 놀자고 방방 뛰는 순동이지만, 관심을 안 주면 새침한 척한다. 매년 가을이 되면 마당에서 콩을 터는데, 기계 돌아가는 소리와 먼지가 상당하다. 아침부터 저녁까지 이어지는 일이라 오후가 되면 마음이 조금씩 비뚤어진다. 순동이는 소음과 주인의 시선에 아랑곳하지 않고 세상 편한 대자로 누워 있다. "저놈의 개새끼, 주인은 일하고 있는데 자빠져 자고 있네!” 이렇게 순동이 욕을 한번 하고 웃고 나면 다시 일할 힘이 생긴다.

재강이와 은강이는 어느 날 갑자기 찾아왔다. 여름휴가를 다녀왔는데, 집에 눈도 못 뜬 강아지들이 굴러다녔다. “엄마, 이 꼬물이들은 뭐야?” “만두 새끼야.” 뭐라고? 국숫집에서 키우다가 부모님 집에 온 만두가 새끼를 가진 줄도 몰랐다. 순동이를 째려보고 소리쳤다. “넌 뭐 하느라 딴 놈이 오는 것도 못 막았어?” 못 들은 척 등을 돌리는 순동이를 탓했지만, 만두 새끼들은 더없이 귀여웠다.

강아지가 귀여운 건 귀여운 거고, 부모님이 다 키우기란 보통 일이 아니라 만두와 새끼들에게 새 주인을 찾아주었다. 그중 어머니 집에 남은 재강이와 은강이는 가끔 풀어주면 약속이라도 한 듯 순동이에게 달려갔다. 행여나 순동이가 물까 봐 깜짝 놀라 달려갔지만, 열 배는 큰 놈이 강아지를 피해 도망 다녔다. 장가 못 간 삼촌이 갓 태어난 조카를 어떻게 안아야 할지 몰라 안절부절못하는 꼴이다.

암컷 재강이는 얼마 전 중성화 수술을 했다. 만두 사태가 또 벌어지면 어머니가 더는 감당할 수 없어서다. 그도 그럴 것이 추운 겨울에 개밥 주고, 한여름에 진드기 떼어주고, 몸이 좀 이상하면 걱정해야 하는 일이 나이 든 부모님에게 쉬운 일은 아니다. 또 정든 생명을 떠나보내기가 점점 힘들어지는 것도 어디 나만의 문제랴. 살아 있는 것들에게 마음 쓰지 않을 방법을 우리는 알지 못한다.

개도 생명 귀한 줄은 안다. 몇 년을 같이 살다가 누구 하나 먼저 죽으면 시나브로 기운이 빠지다가 오래 버티지 못하고 먼저 떠난 친구를 따라간다. 이처럼 생명이 귀하다는 것을 개도 아는데, 사람 귀한 줄 모르고 함부로 대하는 인간들은 '개만도 못하다'라는 말도 아깝다. 70년에 걸친 안씨네 개열전의 마지막 세대인 이 세 마리는 어머니, 아버지가 책임진다고 했으니 순동이, 재강이, 은강이 모두 오래 살아라!

15
오물 풍선 금지

시골에 내려와 가장 이해되지 않는 풍경이 마을회관 옆 정자에 앉아 지나가는 차나 사람을 하염없이 바라보는 할머니들이었다. 오전에 일 보러 나가다 봤는데, 한나절이 지나 돌아올 때도 똑같은 자세로 앉아 있다. 여기는 시간이 멈춘 곳인가? 아니다. 내가 어릴 적 아주머니였던 그들이 지금은 할머니가 되었으니까. 하루에 서너 번씩 인사를 주고받으면서도 쉽게 적응되지 않았다.

봄이 되면 할머니들은 어김없이 밭으로 향한다. 허리는 다 굽어 유모차를 끌고 다니고, 김을 맬 때는 거의 엎드려서 일한다. 넓지도 않은 밭에서 결실이 나오면 얼마나 나온다고 한 움큼의 약과 "아이고, 아이고" 소리를 입에 달고 살면서도 땡볕을 마다하지 않는다. 자식들이 저 모습을 보면 얼마나 속상할까 싶다가도 정갈하게 가꾼 밭을 보며 감탄하기도 한다.

이해되지 않는 건 연로한 어른들뿐만이 아니다. 예전에 학생들을 데리고 동해로 여행을 간 적이 있다. 내가 처음 바다를 본 것은 초등학교 4학년 때다. 파란 바다 위로 멋지게 펼쳐진 구름, 끊임없이 밀려오는 생명력 넘치는 파도 소리가 지금도 생생하다. 아이들은 이미 각자의 방식으로 바다를 경험했겠지만, 함께 모여 바다를 보고 가슴이 웅장해지기를 바랐다.

대자연 속에서 아이들이 뭔가를 느끼지 않을까? 친한 친구들끼리 하는 산책이니 좋은 대화를 나눌 수도 있을 거야! 두 시간쯤 바닷가 산책길을 걸었는데, 가슴이 웅장해지기는커녕 아이들의 입술만 웅장해졌다. "더워요!" "이게 뭐 하는 거예요?" 귀여운 투정을 부리는 놈, 체력 고갈을 호소하는 놈, 눈으로 욕하는 놈까지 아이들의 시위는 에어컨과 스마트폰을 만날 때까지 계속됐다.

이해가 안 되는 것은 남의 새끼나 내 새끼나 마찬가지다. 어떻게 쟤는 동생이 상처받는 포인트를 정확히 파악하여 아무렇지 않은 표정으로 비수를 날리지? 어떻게 쟤는 조르고 졸라 '현질'을 해주면 게임을 그만하고, 사달라고 사달라고 노래를 해서 비싼 선물을 사주면 정확히 하루 만에 흥미를 뚝 끊을 수 있지? 하긴 보는 홈쇼핑마다 주문해달라고 전화하는 어머니도 뭐….

그중에서도 왕 중 왕은 같은 집에 사는 남의 새끼다. 부천댁은 사람을 널리 이롭게 이해하겠다는 선한 의도로 에니어그램, MBTI 등의 성격 유형 이론을 수년간 공부했다. 그 최고의 수혜자(피해자)는 단연코 나다. 밥 먹을 때마다 '에니보살'이 출현하여 나의 성격과 심리 상태를 친절하게 정해준다. 그건 내가 아니라고 해도, 소화가 안 되니 제발 멈추라고 해도 한번 열린 입은 쉬이 닫히지 않는다.

이상해씨

코로나19가 시작되고 꽤 오래 버텼다. 마음 안 먹어도 사람 볼 일이 별로 없는데, 작정하니 바이러스를 마주할 틈이 없었다. 백신도 맞고 새 환경에 적응하면서 사람들은 미루던 일을 하나둘씩 꺼내기 시작했다. 서울 큰아버지 팔순 잔치가 있었다. 기쁜 마음으로 참석해 만수무강을 기원하고 왔다. 나와 아이들은 뷔페 음식만 배 터지게 먹었는데, 평소 소식하는 부천댁은 바이러스까지 먹고 왔다.

부천댁의 격리가 끝나기 3일 전 재인이가 걸리고, 딸이 끝나기 3일 전 내가 걸리고, 내가 끝나기 3일 전 은산이가 걸렸다. 넓지도 않은 집, 바이러스와 숨 막히는 숨바꼭질을 하면서 한 달을 살았다. 이럴 줄 알았으면 그냥 처음부터 함께할 것을….

고열에 헛소리하는 아이들을 보니 마음이 아팠다. 어디에도 갈 곳 없이 축 처진 아이들에게 힘을 주고자 '포켓몬 고'라는 게임을 시켜주었다.

할머니 집으로 몬스터를 잡으러 간 은산이가 울면서 들어왔다. "아빠, 볼이 없어. 이브이가 나왔는데 잡을 수가 없어." 아이의 눈물에 현질을 시켜주고, 얼마 뒤 도구를 얻을 수 있는 포켓스톱이 비둘기낭 폭포 근처에 있다는 사실을 알았다. 아이들이 점점 흥미를 느끼는데 게임에 돈을 쓰기는 싫고 해서 그때부터 비둘기낭으로 출퇴근을 시작했다. 그러다 은근슬쩍 나도 그 재미에 빠져버리고 말았다.

비가 오나 눈이 오나 바람이 부나 주차장에서 한탄강 전망대까지 왔다 갔다 하며 포켓스톱을 돌렸다. 어느덧 내 손에는 스마트폰 세 개가 들려 있었다. 비둘기낭 폭포와 한탄강의 아름다운 풍경은 진즉에 봤으니 됐고, 오늘은 어떤 몬스터가 뜰지 작은 화면만 들여다봤다. 은산이와 가거나 홍성이를 꼬셔서 갔는데, 일 마치고 혼자 가는 경우가 제일 많았다. 작고 앙증맞은 '주머니 괴물들'이 많아지고, 점점 레벨이 올라가니 아이들도 좋아했다.

이제는 체육관 배틀, 레이드 배틀도 혼자 할 수 있게 되었다. 그날도 비둘기낭 벤치에 앉아 (부천댁 계정까지) 네 개의 스마트폰을 신나게 두드렸다. 거대한 몬스터를 잡기 위해 한창 열을 올리고 있는데 뒤통수가 뜨뜻해졌다. 뒤를 돌아보다 공원을 관리하는 아주머니와 눈이 마주쳤다. 오며 가며 그녀를 본 게 아마도 300번. 그렇다면 그녀도 나를 그만큼 봤을 텐데, 그때마다 나는 같은 공간을 왕복하며 뭐라 뭐라 중얼거리고 있었을 것이다. 하필이면 오늘 왜 까만색 아디다스 추리닝을 입고 나온 거지?

아주머니의 눈빛이 "다 큰 어른이 안됐다" 혹은 "너 참 한가하다"라고 말하는 듯했다. 순간 나 자신이 언젠가 동물원에서 본 이상행동을 하는 호랑이처럼 느껴졌다. 호랑이는 한정된 공간을 반복해서 왔다 갔다 했는데, 나는 그 행동을 이해할 수 없었다. 그 순간 '나에게는 도구를 얻고 몬스터를 잡는 최적의 동선인데, 남의 눈에는 전혀 이해 못 할 행동으로 보일 수 있겠다'는 생각이 번쩍 들었다. 나를 이해할 수 없다고? 내가 관광지에 출몰한 이상해씨가 되었다는 사실에 피카츄의 전기 공격을 받은 듯 찌릿했다.

굼뜬 삶에 대한 이해

시골 사람들의 특징 중 하나가 그냥 노는 땅을 못 본다는 점이다. 어차피 풀을 깎아야 한다면 뭐라도 심어 먹는 게 낫다는 논리다. 우리 집 앞에 몇 년 전부터 새로 밭작물을 키우는 땅이 있다. 제법 길게 늘어져 있어 잘 가꾸기만 하면 근사한 밭이 될 것 같았다. 문제는 돌이 더럽게 많다는 것이다. 돌이 많으면 일하기 어렵고, 장비에도 무리가 간다. 무엇보다 '돌밭'은 어감도 안 좋다.

처음 밭을 갈 때 트랙터로 열 번도 넘게 돌을 버렸다. 그런데 정말 놀랍게도 다음 해, 그다음 해에도 그만큼 많은 돌이 나왔다. 쟁기로 갈면 갈수록 더 많은 돌이 튀어나오는 마법 같은 밭이다. 누가 돌이 나오는 맷돌이라도 저 아래 묻어놓은 것인지, 그 밭에만 가면 내 입술은 웅장해진다.

"이 밭 안 하면 안 돼요? 딴 데도 많은데."

"어차피 풀 깎는데 뭐라도⋯."

"네, 해요. 해!"

스무 살 때 축구를 하다가 허리가 나간 적이 있다. 발을 잘못 짚었는데 허리에서 '지직' 하는 소리가 선명하게 들렸다. 그 이후로 일을 많이 할 때면 진통제 없이는 버티기가 힘들다. 그날도 진통제를 먹고 좀 쉬려고 하는데, 아버지가 우리 집 앞에 돌을 주우러 왔다. 거실에 창이 없으면 안 봤을 것을. 트랙터 소리가 작으면 못 들었을 것을. 내가 평소 툴툴대던 곳이라 혼자 일하려고 말도 안 하고 온 아버지였지만, 일꾼이 하나 더 생기니 반가운 눈치였다.

끝날 만하면 밭을 갈고, 밭을 갈면 돌이 또 나왔다. 그런데 이번에는 돌만 나온 게 아니라 바위까지 나왔다. 아버지는 트랙터 바가지를 대고, 나는 바위를 밀었다. 얼마나 뚝심이 깊은 바위인지 조금도 움직이지 않아서 있는 힘껏 들었더니 허리에서 추억의 '지직' 소리가 났다. 그 이후부터 나는 엎드려서 돌을 줍기 시작했다. 밭에 엎드려 일하다 보니 내가 이상하게 바라본 할머니들의 모습이 떠올랐다.

오징어 게임의 제왕으로 군림했던 나는 다른 이들의 굼뜬 행동을 잘 이해하지 못했다. 하지만 지금 내 자세는 세상 어정쩡하고, 지금 내 행동은 누구보다 굼떴다. 아침에는 거의 기어 다니고 시간이 지나면서 조금씩 허리가 펴지는 인류의 진화가 내 몸에서 하루에 한 번씩 펼쳐졌다. 나이를 먹고 일하다 보니, 나도 그 처지가 되어보니 굼뜬 삶을 이해하게 되었다.

타인에게 "너를 도저히 이해할 수 없어!"라는 말을 들으면 항상 나 자신을 탓했다. 내가 무언가 잘못했으니 그들이 트집을 잡겠지. 하지만 이제는 누군가를 이해하지 못하는 것이 나 때문임을 안다. 이 말은 곧 누군가 나를 이해하지 못한다면, 그건 내 탓이 아니라 그들의 잘못이라는 뜻이다. 지금도 비슷한 상황이 펼쳐지면 습관처럼 나를 먼저 돌아보지만, 별다른 문제가 없으면 당당하게 말한다. "당신이 이해 못 하는 것은 내가 아닌 당신의 문제입니다."

사람에 대한 이해. 그 이해에 대한 기대를 낮추기로 했다. 내가 뭘 얼마나 안다고, 품이 얼마나 넓다고 사람들을 다 이해하길 바랄까. 이해가 안 되는데 억지로 이해시키는 것은 폭력이고, 다 이해한다고 말하는 것은 거짓이다. 이제는 폭력도 거짓도 다 싫다. 어쩌면 우리 삶에는 이해할 수 없는 게 더 많을지도 모른다. 그렇다면 선택지는 하나다. 받아들이거나 받아들이지 않거나. 죽음처럼.

쓰레기 봉지

중환자실에 누워서 '왜?'라는 질문을 수없이 했다. 내가 무슨 큰 잘못을 했다고 원인 불명의 병에 걸렸을까? 신은 침묵했고, 나는 받아들였다. 위기의 순간에는 주어진 조건을 받아들이는 일이 쉬웠는데, 일상에서는 오히려 더 힘들다. 나이가 들면서 이해를 핑계로 타인을 다그치거나 남을 내 속에 가두려는 시도는 줄이고 있다. 지금 이해할 수 없는 부분은 괄호 안에 넣고, 그래도 좋으면 보고, 안 좋으면 안 보고….

이해하지 않아도 되고 이해받지 않아도 되는 일상이 제법 만족스럽다. 애써 나를 변명하고 해명해야 하는 수고를 하지 않아 좋다. 그리고 '너'를 그냥 너 있는 자리에 두고 받아들이니 감정싸움 할 일이 줄어 좋다. 하지만 가장 보통의 존재로서의 나를 자각하고 감정 기복이 덜한 편으로 이동 중인 나를 발작하게 하는 분노 유발자들이 있다. 논에서 일할 때 쓰레기를 휙 던지고 가는 쓰레기들 말이다.

농사 짓는 논 중 두 곳은 길옆에 있는데, 아주 그냥 쓰레기장이다. 논이 길보다 아래 있어 차에서 던지고 지나가면 그들이야 당장 안 보이지만, 쓰레기를 줍는 나의 화는 오랫동안 남는다. 남이 버린 것이라도 분리수거 하겠다고 봉지를 열면 온갖 종류의 쓰레기가 나온다. 행여나 음식물에 구더기 토핑이라도 얹혀 있으면 나는 순간 고라니가 되어 소리친다. "학씨!" 큰 돌을 주울 때보다 가벼운 쓰레기를 주울 때가 마음이 더 무겁다.

아무리 사람이 이해받지 않아도 된다고 해도 사회 구성원으로서 지켜야 할 선이 있다. 그 선은 생각보다 간단하다. 타인에게 쓰레기만 던지지 않으면 된다. 청소까지는 바라지도 않는다. 따뜻한 시선도 필요 없다. 한번 생각해보자. 누군가 자기 일터에 쓰레기를 던진다면 기분 좋을 사람이 어디 있을까? 그러고도 발 뻗고 자는 놈에게 화 있을진저. 악성 무좀에 걸릴지어다!

사람이 많은 길을 걷다가 방귀를 뀔 때가 있다. 애써 참다가 흘러나오는 건 어쩔 수 없다. 나도 그런 경험이 있어서 갑자기 훅 들어온 방귀 냄새 정도는 참고 넘길 수 있다. 감정도 방귀를 뀔 때가 있다. 안 좋은 감정이 쌓여 마음 항문에서 새어 나오더라도 그 정도는 받아들일 수 있다. 하지만 누군가 나를 정조준

해 오줌을 싸거나 주변에 똥을 싸질러놓으면 이야기가 달라진다. 내 똥도 못 참지만 남의 똥은 더 못 참는다. 이해고 나발이고 감정의 똥오줌은 각자 알아서 해결하도록 하자!

"북한이 대남 오물 풍선을 다시 부양 중." 2024년 재난 문자가 수없이 날아왔다. 부양한 것이 핵무기가 아니어서 천만다행이지만, AI 시대에 똥 풍선이라니 이 얼마나 더럽게 웃기는 일인가. 대북 전단과 오물 풍선. '자유'와 '정의'를 외치지만 그 속에는 온갖 흉한 욕망이 숨어 있다. 아무리 번듯하게 포장해도 똥은 똥이라서 구린내가 천지에 진동한다. 자유와 정의를 핑계로 애먼 사람 잡지 말고, 자기 자신이나 먼저 돌아보라지. 나는 내 삶이 오물 풍선이 되지 않기 위해 오늘도 마음 쓰는 중.

16
답할 수 없는 물음

한 달에 한 번씩 아버지와 함께 여의도로 출근한다. 아버지가 이사회에 참석하기 위해 가는 건데, 나도 힘든 도시 운전, 하루 편히 쉬라고 기사 노릇을 자청했다. 그날 내가 하는 일이라곤 운전밖에 없지만, 나는 사람들 사이에서 효자라는 명성을 얻었다. "세상에, 아버지를 위해 자기 시간을 내다니! 얼마나 성실하고 다정한 아들인가!" 한 시간 넘게 걸리는 길에서 부자간에 별 대화가 없다는 건 비밀에 부치기로 했다.

초여름 어느 날, 회의를 마친 아버지가 주차장으로 오면서 멋쩍은 표정을 지었다. "변 대표가 서울에 왔다고 얼굴 좀 보자는데, 괜찮아?" 카페에서 글 쓰느라 밥도 못 먹어 배가 고프긴 하지만, 아버지 얼굴에는 내가 괜찮기를 바라는 기색이 역력했다. "가요!" 약속 장소에 도착해 주차장에서 기다리기로 했는데, 변 대표는 굳이 "아드님 얼굴도 봐야겠다"며 나를 불렀다. 서로 웃으며 안부를 나누고 얼마가 지나자 아들 형제를 키우는 그가 사뭇 진지한 얼굴로 물었다. "유능한 아버지랑 같이 일하는 거 안 힘들어요?"

드디어 나의 무능함이 세상에 드러날 때가 된 것인가! 얼마 전 일이다. 논에 다녀온 아버지가 어두운 표정으로 말했다. "논을 바짝 말리려고 물을 일찍 뗐더니 벼에 병이 좀 생겼네." 평소 과장법을 잘 사용하는 그이기에 걱정은 되지만 근심까지 가지는 않았다. 다음 날 논에 갔는데, 정말이지 내 눈에는 그 병이 잘 보이지 않았다. 한낮에도 잘 안 보이는데 새벽에 잘 보였다고?

아버지를 위로하고 싶은 마음에 "내가 볼 땐 그렇게 심하지 않던데요? 괜찮을 거예요. 늘 잘됐잖아요!"라고 말했다. 정작 아버지는 별 반응이 없는데, 어머니가 깜빡이도 켜지 않고 훅 들어왔다. "그거야 너니까 안 보이는 거지. 아버지는 다 보여." 나는 그저 '괜찮다, 잘될 거다'라고 말했을 뿐인데 갑자기 농촌 지도소에서 나오셨나, 왜 아들의 농사 지식을 평가하실까? 평소 나랑 있을 때는 아버지 욕을 그렇게 하면서.

아버지가 이삭 거름을 주자고 했다. 논에 물을 떼고 다시 댄 지가 얼마나 됐다고 벌써 이삭 거름을 주지? 8월에 주는 거 아닌가? 그는 짧게 답했다. "그때는 벼 이삭 다 팬다." 분명 평서

형 문장인데 왜 이리 마음이 쓰릴까. 이실직고하자면 나는 농촌에서 나고 자라고 시골에 내려와 15년간 논밭에서 일했지만, 아직도 농사의 시기를 잘 모른다.

봄에 씨를 뿌리고 가을에 거둔다는데 봄, 가을이 어디 하루 이틀인가? 작물마다 시기가 따로 있고, 잘 자라고 있는지, 얼마나 익었는지는 자세히 들여다봐야만 알 수 있다. 그런데 이 녀석들이 워낙 말없이 자라고, 열매는 껍질 속에 꽁꽁 감춰둬 자세히 봐도 모르겠다. 남편, 아버지, 안기자, 운영위원 등 나에게 수많은 역할이 있지만, 유감스럽게도 가장 실력이 형편없는 게 밥벌이인 농사다. 부끄러워 누구에게 말도 꺼낼 수 없었다.

나의 변호사

판사: 사건번호 삼 4405, 안효원 씨의 15년 허송세월 혐의에 대한 재판을 시작하겠습니다. 벼농사, 아니 변호사 변론하세요.

변호사: 존경하는 재판장님, 피고 안효원 씨가 이토록 바보 농부가 된 것은 그의 잘못만은 아닙니다. 바보가 안 되려면 공부해야 하고, 공부하려면 시간이 필요합니다. 그런데 그에게

는 시간이 없었습니다. 총각일 때와 신혼 때는 놀지도 않고 학생들 공부 봐주러 밤마다 집을 나섰습니다.

검사: 이의 있습니다. 피고 측 변호인은 사건과 관련 없는 주장을 하고 있습니다. 농사를 누가 밤에 짓습니까?

판사: 인정합니다. 괜히 밑밥 깔지 말고 사건과 관련한 이야기만 하세요.

변호사: 상관있습니다. 그의 이타적인 성격을 말하려는 것입니다. 그는 자신보다 남을 위해 시간을 더 많이 썼습니다. 공동체를 위해 많은 시간을 보냈고, 두 아이가 태어나고 코로나19가 터지면서 아이들과 더 많은 시간을 보내야 했습니다. 부천댁에게 독박육아를 언제까지 강요할 수는 없지 않습니까? 생각해보십시오! 단 5분이라도 집에 일찍 가서 아이를 보겠다고 쉬지도 못하고 일하는 농부의 심정을!
피고의 아버지는 8년간 매일 '오늘의 미션'을 제시하고 농협에 출근했습니다. 피고는 자신이 농사 지식과 기술을 일찍이 체득하면, 행여나 아버지가 '아들 녀석이 다 배웠으니 이제 마음 편히 가도 되겠구먼'이라고 생각할까 봐 일부러 일을 늦게 배웠다고 주장합니다. 아버지와 오래 함께하고 싶은 아들의

심정을 헤아려주실 수는 없습니까?

농촌 지역의 인구 소멸은 이미 오래전부터 시작됐습니다. 시골에 사람은 사라지고 공동화의 위협은 커지고 있습니다. 지역에서는 젊은 사람을 끌어오려고 5천을 주네, 1억을 주네 하고 있습니다. 그런데 피고는 누가 시키지도 않았는데 자기가 아파서 제 발로 내려오지 않았습니까? 결혼하고 나서 영하 20도를 밑도는 날씨가 한 달 넘게 이어졌습니다. 그때 부천댁이 사기 결혼 의혹을 제기하는 통에 피고가 얼마나 곤욕을 치렀는지 짐작이나 할 수 있습니까?

바보, 바보 하지 마십시오! 피고는 자연의 이치나 농사 지식, 부천댁에 대한 이해 그리고 머리숱이 조금 부족할 뿐입니다. 매일 밥값만큼의 노동을 성실히 하고 좋은 아빠, 좋은 남편 그리고 이제는 '인간 안효원'이 되겠다고 최선을 다하고 있습니다! 논에서 흙과 물에 손을 담그고, 집에서 설거지하느라 주부 습진까지 걸린 피고가 바라는 것은 따뜻한 무관심뿐입니다!

검사: 재판장님, 변호인은 지나치게 감정에 호소하고 있습니다!

변호사: 내가 감정에 호소하든 말든 네가 뭔 상관이야! 네 마음만 있냐? 내 마음도 있지! 이상입니다!

나의 내적 변호사의 열정적인 웅변에 홀랑 넘어간 재판장은 다음과 같이 판결했다.

판사: 주문. 피고가 농부로서 보낸 시간이 허송세월인지 아닌지는 15년 뒤 다시 판결한다. 그리고 당신, 애썼어요.

몇 해 전 마음속에서 한바탕 벌어진 재판 덕분에 나는 변 대표의 질문에 바로 답할 수 있었다. "아니요, 안 힘들어요. 아버지는 자기 때문에 자식이 부담스러워하는 걸 원치 않거든요. 어렴풋이 짐작만 했는데 제가 아빠가 되어보니 정확히 알겠더라고요. 이제는 제 마음대로 살 거예요. 하하." 아버지는 아들 말을 들었는지 못 들었는지, 알쏭달쏭한 얼굴로 창밖을 바라보았다.

가면 임영웅

2023년 산정호수 한화리조트에서 아버지 칠순 잔치를 했다. 가족과 친척 그리고 1년에 100회 이상 통화한 지인만 엄선해 70명 남짓 초대했다. 아버지는 한 사람 한 사람 자신과의 인연을 말하며 모든 하객을 직접 소개했다. 손님들은 친척, 이웃, 조합장 등 수많은 이름의 아버지와의 추억을 엽서에 고이 적었다. 그리고 직접 나와서 아버지와 함께한 오랜 이야기를 나누었다. 사람들이 이야기할수록 주인공은 할아버지에서 아버지로, 청년에서 소년으로 젊어졌다.

이날 누가 사회를 보면 좋을까 한참을 고민하다가 그냥 내가 맡기로 했다. 내향적 성격이라 사람들 앞에 서는 걸 좋아하지 않지만, 그 자리에 모인 손님을 다 아는 사람은 부모님 빼고 나밖에 없었다. 모름지기 사회자라면 노래도 한 곡 해야지. 한 달 전부터 임영웅이 부른 '바램'을 연습했다. 얼마나 연습했는지 은산이도 샤워하며 흥얼거릴 정도였다. 노래는 그런대로 괜찮은데, 얼굴은 어쩌지? 관객들이 실망할 텐데….

하루 전날 급하게 임영웅 가면을 만들었다. 허접하기 그지없는 가면을 쓰고 나가자 사람들은 정체를 금방 알아챘다. 다들 노래 가사에 집중하기보다는 이 어처구니없는 상황에 박장대소하기 바빴다. 그래도 임영웅에 대한 명예훼손 소송에 걸리지 않은 건 그 자리에 모인 사람들이 모두 나를 사랑하기 때문이다. 아버지의 노래 '흙에 살리라'를 끝으로 잔치는 유쾌하게 끝났다.

그런데 칠순 잔치를 기점으로 아버지가 힘이 빠지는 게 느껴졌다. 작년 모내기를 마치고 돌아오는 차 안에서 영우네 아저씨와 은혜네 아저씨가 걱정스럽게 말했다. "아버지가 이상한 소리를 하네. 집 앞에 엄나무를 심었다고 우리 보고 나중에 잘라서 먹으래. 형님이 직접 잘라주면 되지. 그리고 먹으려면 같이 먹어야지, 왜 우리만 먹어?" 그해 봄 운천 고모가 세상을 떠나고 크게 상심했을 때였다.

비닐하우스에서 참깨를 심으면서 아버지에게 핀잔을 주었다. "왜 그런 소리를 해서 사람들 마음을 쓰게 만들어요?" 보통 이럴 때 아버지는 별거 아니라고 대답하고 마는데, 그날은 달랐다. "아저씨들한테 잘해라. 세상에 그런 사람들 없다." 얼마 뒤 논에 수로를 만들러 가서는 "오늘은 네가 다 해라. 힘들다"고 했다. 보통 힘든 내색을 잘 안 하는데, 남자가 나이가 들면 마음이 약해져 그런가?

이 와중에 어머니는 요즘 자꾸 넘어진다. 어느 날 아침에 보니 어머니 눈 밑이 시퍼렇게 멍들어 있었다.

"누구야? 아빠가 그랬어?"

"아니, 어젯밤에 저온저장고 앞에서 넘어졌어."

"그러기에 밤에 거기를 왜 가!"

얼마 전까지는 아이들 걸음마를 볼 때 조마조마했는데, 이제는 어머니 걸어 다니는 게 그렇다. 친절하게 말하면 좋으련만 자꾸 다칠 것만 같아 불안한 마음에 큰소리가 먼저 나온다.

만세 만세 만만세!

생각해보면 우리 부모님, 대단한 사람들이다. 아버지는 지금
내 나이인 마흔일곱 살에 할아버지가 되었다. 할아버지와 다
르게 아버지는 자녀들의 경제 상황을 꼼꼼하게 챙겼다. 몇천
만 원 대출받는 것도 힘든 나로서는 꿈도 못 꿀 일이다. 어머니
는 수십 년간 시부모님을 모셨다. 할머니, 할아버지와 늘 다정
하게 대화를 나눴고, 친척들에게 '집안의 기둥' 소리를 들었다.
나는 부모님과 환상의 호흡을 맞춰가며 일한다. 밭에 비닐을
씌울 때도 고추에 망을 덮을 때도 꼭 세 사람이 해야 일이 진행
된다. 그럴 때마다 "나 안 내려왔으면 어쩔 뻔했대? 순동이 데
려다 쓸 거야? 아버지는 조합장 하는 거 꿈이나 꿨겠어?"라며
너스레를 떨었다. 그런데 이제는 속에서 다른 질문이 들린다.
여기서 한 사람이 빠지면? 두 사람이 빠지면? 혼자서 일할 수
있을까?
세 가지 질문이지만 하나도 답하지 못했다. 군이 답하자면
마지막 질문이 개중 쉽다. 일이야 하면 되지. 누가 박사처럼 농
사지으라고 하나? 심은 대로 먹고, 일한 만큼 거두면 되지. 그
리고 이제 실패할 용기가 생겼다. 실패가 끝이 아니라는 것을
다름 아닌 아버지가 가르쳐주었다. 예전엔 몰랐는데, 망해야
잘한다. 한두 번 실패에 무너질 정도로 인생은 짧지 않다. 나는

약하지 않다.

문제는 첫 번째, 두 번째 질문이다. 매일같이 하루에도 수십 번 드나드는 이 집이 빈집으로 남는 것을 나는 상상할 수조차 없다. 막연한 불안감에 나도 모르게 깊은 상념에 빠져 있다가도 어떠한 답도 찾을 수 없어 괜히 고개를 젓는다. 집으로 돌아오는 길에 산 중턱 잣나무에 나란히 앉아 있는 백로 한 쌍을 보았다. 한 폭의 그림 같은 그 풍경은 혼자가 아니라 더 아름다웠다.

15년 전 입원했을 때 하도 시간이 많아 '나는 몇 살까지 살까?' 생각해봤다. 당시는 살 수 있을지, 얼마나 더 살지 예측 불가능한 상황이었다. 서른이 조금 넘었을 때니까 살아온 만큼만 더 살면 좋겠다고 생각했다. 그러면 예순 살? 그건 좀 아쉽다 싶어 일흔 살을 선택했다. 그때 나는 칠순까지 살면 아무 불만 없이 떠나겠다고 스스로 약속했다. 그런데 살아보니 시간이 너무도 빠르게 흐른다. 가진 것도 별로 없는 듯한데 손에 쥐고 있는 것이 참 많다. 나는 15년 전 약속을 파기하기로 했다.

어머니 집에서 부모님 영정사진을 봤다. 어머니에게 물었다.

"저런 걸 왜 찍었어?"

"마을에 사진 봉사를 와서."

"그렇다고 찍어?"

"뭘 그래, 영정사진 찍으면 장수한다던데. 오래 살 테니 걱정 마!"

나는 약속을 어길 예정이지만 부모님은 지켜야 한다. 자식에게 본이 되는 게 부모의 도리다. 어떻게 자식 이름을 '효도의 근원'(孝源)이라고 지어서 사람을 맨날 피곤하게 만드오? 딱 받은 만큼만 돌려드릴 테니 딱 거기 오래 계시오! 만세 만세 만만세!

17

허기

* 경고: 본 장에는 찌질한 20대의 음주, 연애 이야기가 가득하
   니 부천댁, 부모님 등 관계자들은 독서에 특별히 주의하기
   바랍니다.

  사람 구실을 하려면 돈을 벌어야 하는데, 그렇다고 아무 일
이나 하고 싶지는 않아 어정쩡한 날들을 보내던 20대 후반의
일이다. 배운 게 도둑질이라고 별것도 아닌 이야기를 별것인
양 블로그에 남겼다. 언젠가부터 '풀님'이 방문해 내 글에서 귀
한 것이라도 본 양 정성껏 댓글을 달았다. 그날도 가기 싫은 도
서관에 억지로 가서 자다 깨다 옹 선생이랑 놀기를 반복하다
가 컴퓨터를 켰다.

  안부 게시판에 풀님이 질문을 남겼다. "제가 누군지 모르겠

어요?" 헛웃음이 났다. 글자가 사람 얼굴을 닮은 것도 아닌데 내가 당신을 어찌 알리오! "알고 싶으세요?" 그럼요, 알고 싶지요. "저 농촌총각 님 학교 후배예요." 아, 글쎄요. 내가 다닌 학교가 한두 개가 아닌데? "제가 아는 사람이지요?" "그럼요, 한때 우리 꽤 가깝게 지냈어요. 저 마늘이에요."

헛웃음으로 시작한 필담이 '헉!' 소리로 끝났다. 마늘이는 대학 때 만났던 여자 친구다. 학과 집행부랍시고 신입생 면접시험 때 안내를 맡았는데, 그때 마늘이가 눈에 들어왔다. 나는 사심 한 스푼을 얹어 말했다. "다른 데 가지 말고 꼭 우리 학교에 오세요!" "네!" 수줍게 웃으며 떠난 그녀가 나의 첫 후배가 되었다. 그리고 사람들 앞에서 말했다. "어떤 선배가 꼭 오래서 이 과에 왔습니다!"

1, 2학년 대면식에서 우리는 마주 보고 앉았다. 사람이 많았지만 우리는 서로만 보였다. 당시 내 가방에는 도끼 열쇠고리가 있었다. 누구라도 만나면 찍겠다고 장담했지만, 형편없는 주인장을 만나 녹만 슬고 있었다. 어두컴컴한 지하 술집에서 느낌이 팍 왔다. 그녀 곁으로 자리를 옮겼다. 그리고 도끼질을 시작했다. 한 번, 두 번, 세 번… 여덟 번이 되었을 때 마늘이는 내 어깨에 머리를 기댔다.

한 학기를 알콩달콩 잘 보내다가 2학기 첫날에 헤어졌다. 지금 생각해보면 별일도 아닌데, 그때는 종교적 이유가 나와 마늘이를 로미오와 줄리엣처럼 갈라놓았다. 그녀는 2학년 때 다른 과로 전과했고, 나는 '후배를 내쫓은 놈'이라는 전과를 남겼다. 그게 8년 전 일인데 마늘이가 나를 찾아오다니! 이후로 매우 드물게 연락을 주고받다가 부천댁과 결혼하기 얼마 전 다시 연락이 왔다. "오빠, 얼굴 한번 볼 수 있어요?"

우리는 그렇게 10년이 훌쩍 넘어 재회했다. 막상 얼굴을 보니 말보다 웃음이 먼저 나왔다. 건대입구역 근처 카페에서 한시간 남짓 대화를 나눴다.

"지금 생각해보면 오빠 참 좋은 사람이에요. 가끔 생각나서 한번 보고 싶었어요."

"하필 내가 지금 스테로이드 약을 먹어서 얼굴이 붓고 뭐가 많이 났어."

"괜찮아요. 그때도 오빠가 얼굴로 승부하는 사람은 아니었어요."

한때 연인이었던 여인과 나눈 마지막 대화치고는 좀 웃겼다.

술 마시면 개

대학 시절을 같이 보낸 사람들을 만나면 '좋은 사람'이었다는 말을 종종 듣는다. 그런데 이구동성으로 덧붙이는 말이 있다. "술 마시면 개가 돼서 그렇지." 그렇다. 나는 두 얼굴의 사나이가 아니라 사람과 개의 얼굴을 한 사나이였다. 물론 술 마실 때마다 매번 그런 건 아니었다. 다만 음주 빈도가 높다 보니 잊을 만하면 멍멍 짖고, 또 잊을 만하면 네 발로 걷는 게 문제였다.

마늘이와 헤어지고 감자를 만날 때 일이다. 감자랑 후배 몇몇과 함께 술을 마셨는데, 지하철 시간 때문에 서둘러 자리를 떠야 했다(생각해보니 마늘이에게 도끼질을 한 그 술집이었다). 아직 반 병도 넘게 남은 소주가 아까워 단번에 들이켰다. 역까지 10분을 뛰어가는 동안 알코올이 뱃속에서 머리끝까지 올라왔다. "감자야, 내가 집까지 데려다줄게!" 하지만 도저히 안 될 것 같았는지 그녀는 용산역에 지하철이 멈췄을 때 나를 힘껏 밀어냈다.

그런 용기가 어디서 났을까? 영화의 한 장면처럼 나는 지하철 창문에 얼굴을 대고 감자를 불렀다. 감자는 열차 속도에 맞춰 뛰어가는 나를 끝까지 외면하지 못했다. 나에게는 로맨스, 남들에게는 코미디, 감자에게는 실험적 다큐멘터리 같은 상황이 끝나고, 나는 성북행 열차를 타고 지금은 광운대역이 된 성북역에서 내렸다. 그 전 역에 내려서 의정부행으로 갈아타야 집에 갈 수 있었는데, 그러면 영화가 재미없지.

성북역에서 쪼그려 앉아 자다가 눈을 떴을 때 지하철 문이 닫히고 있었다. 나는 재빨리 뛰어들었다. 다행이다! 그런데 열차 안에 사람이 아무도 없는 걸 보고는 술이 번쩍 깼다. 뭔 놈의 지하철이 아무 역에도 서지 않더니 잠시 뒤 객실의 모든 불이 꺼지고 KTX라도 된 것처럼 빠르게 내달렸다. 자정이 한참 넘은 시간, 나는 공포영화의 주인공이 되었다. 열차는 의정부역 플랫폼을 한참 지나 차고지에 멈춰 섰다.

"아악!" 차장과 나는 동시에 소리를 질렀다. "당신 뭐야?" 이럴 땐 술 취한 척하는 게 최고다. "쥐베 가야 해연⋯." 차장은 조종석으로 돌아가 문을 열었고, 나는 선로 위로 뛰어내렸다. 개찰구로 나가는 계단이 철창으로 막혀 있어 의정부역에서 가장 낮은 담을 찾는 데 30분이 걸렸고, 하필이면 집이랑 반대 방향의 담을 넘는 바람에 걸어서 집에 도착하니 3시가 다 되었다. 다행히 다음 날 감자는 나를 보고 애써 웃어주었다.

술을 마시고 난폭해질 때도 있다. 이 연구원과는 고등학교 1학년 때부터 친하게 지내는 사이다. 둘은 키가 같고, 영화 보는 취미도 같으며, 다른 반이 되어서도 3년 동안 같이 밥을 먹었다. 점심값이 없어 10만 원만 빌려달라고 했을 때 100만 원을 보낸 게 이 친구다. 그는 농번기가 되면 응원의 맥주를 보내고, 해외 출장 가서 맛있는 맥주를 보면 내 몫까지 사 왔다. 그 해에도 모내기하느라 고생했다며 나와 김 사장을 송도로 초대했다. 그와의 만남을 기대하며 봄철의 힘든 시간을 견뎠다.

대낮부터 소주로 시작해 저물녘이 되었을 때는 나의 의식이

지푸라기 하나만 간신히 붙잡고 있었다. 친구를 위해 여러 맛집을 수소문해놓은 그는 더는 안 되겠다 판단해 자리를 끝내려고 했다. 어느덧 개로 변신한 나는 자리에 앉아 멍멍 짖었다. "집에 안 가! 더 먹을 거야!" 측은한 눈으로 바라보던 그는 나를 일으켜 부축했다. 나는 "싫다고!" 하면서 그를 있는 힘껏 패대기쳤다. 그때 상황이 잘 기억나지 않는데, 하필이면 그의 눈빛은 선명하게 기억난다.

돌아오는 길에 김 사장에게 사과했다. "나한테 미안해할 거 없어. 이 연구원한테 사과해." 나는 전화로 울면서 사과했다. "미안해. 내가 잘못했어." 횡성이가 갑자기 아팠을 때만큼 많이도, 서럽게도 울었다. 그는 내게 "참회할 필요 없어. 참치회에 술이나 한번 사!"라며 훌훌 털었지만, 나는 쉽게 털어지지 않았다. 10대 이후로는 남에게 손찌검해본 적이 없는데, 왜 그게 이 연구원 너냔 말이다!

꿈에서의 빈주먹

왜 그럴까? 나는 술만 마시면 왜 그럴까? 오랜 시간 고민했다. 그래서 내린 결론은, 허기다. 마음의 배가 고파서다. 다른 이의 인정도 중요했고, 나 스스로에 대한 사랑도 중요했다. 하지만 지금껏 나는 내면 깊은 곳에 있는 나에게 인정받지 못했다. 겉으로는 잘 웃고 남의 말도 잘 들어서 '좋은 사람' 소리를 들었지만, 이제야 알았다. 모두에게 좋은 사람이 되기 위해서는 '안효원'으로 살기를 포기해야 했다는 것을.

초등학생 때 전교 회장이 하고 싶었다. 하지만 떨어지기 싫어서 부회장 선거에 나갔다. 중학생 때 특별활동으로 예능반에 들어가 놀고 싶었다. 하지만 선생님이 좋아하지 않을 것 같아 과학연구반에 들어갔다. 고등학생 때 야간자율학습을 하고 싶지 않은 날도 많았다. 하지만 3년 동안 딱 한 번 빠졌다. 수능을 망쳐서 재수할 수도 있었다. 하지만 부모님에게 부담을 주고 싶지 않아 점수에 맞춰 갔다.

초중고 시절 나는 더할 나위 없는 모범생이었다. 남들의 달콤한 칭찬에 취했는데, 거기서 정신을 차렸어야 했다. 스무 살이 넘어서는 아무리 보잘것없는 꽃이라도 스스로 피웠어야 했다. 생동감 넘치는 청년의 삶을 시작해야 했다. 타인의 시선에 나를 맡기는 것만큼 무책임한 일이 없다. 하지만 나는 더없이 무책임했고, 가슴에 구멍이 난 것처럼 허했다. 그걸 아는 건 술 마신 나 자신뿐이었다.

꿈에서 싸움을 할 때가 있다. 평소 마음에 들지 않는 사람이 나타나 미운 짓을 하면 '너 잘 걸렸다!'는 심정으로 주먹을 날린다. 그런데 이상하게도 내 주먹이 그의 얼굴에 닿을 때쯤이면 손에 힘이 맥없이 풀린다. 현실에서도 할 말 못 하고 사는데 꿈에서도 항상 졌다. '지는 게 이기는 거야. 좋은 게 좋은 거야!'라는 주문을 아무리 걸어봤자 소용없었다. 속에서는 '억울해!' 소리가 끝없이 메아리쳤다.

친구에게 개짓거리를 떨었을 때는 스트레스가 극에 달한 시기였다. 공동체를 위해 최선을 다해 일하고 최선을 다해 참았는데, 돌아온 것은 살면서 경험해본 적 없는 비난이었다. 분노는 나에게 이빨을 드러낸 사람에게 보여주었어야 했다. 30년간 곁에서 묵묵히 응원해주고, 힘들게 농사짓는 친구 위로하겠다며 돈과 시간을 베푸는 이 연구원에게 향해서는 안 되는 것이었다.

우렁이에서 반딧불로

공동체를 떠나고 내 나이 마흔이 되어서야 사춘기를 맞았다. 부천댁이 "언제까지 사춘기 할 거야?"라고 물으면 짐짓 새침한 척 "내가 알아서 할게"라고 답했다. 아이들과 지낼 때는 항상 내가 참았는데, 이제는 나도 '초딩'이 되어 감정싸움을 벌이기 시작했다. 그리고 가끔 밖에 나가서 싫은 소리도 한다. 그동안 늘 참고 살았는데(나의 휑한 머리가 그 증거다) 이제는 못 들은 척도 하고, 눈으로 욕할 줄도 안다.

사춘기가 지나서 그런가, 아니면 '지랄 총량의 법칙'에 따라

지랄을 다 떨어서 그런가, 이제는 술을 마셔도 개가 되지는 않는다. 그냥 순한 양이 되어 곤히 잠든다. 투병 생활의 후유증으로 소변을 오래 참지 못해 가끔 화장실 이슈로 곤욕을 치를 때가 있지만, 그것도 이제는 훌훌 털어버린다. '억울해'라는 마음의 소리도 조금씩 작아지고 있다. '억울해'를 입에 달고 사는 나의 아이가 나 같아서 측은할 뿐이다.

지난밤 꿈에서 '억울해 부자'는 카페에 갔다. 다락 계단 입구에 책을 잠시 내려놓았는데, 어떤 사내가 발로 뻥 차버렸다. 예전 같으면 '저기다 둔 내 잘못이야. 저 사람도 이유가 있겠지'라고 생각했을 것이다. 하지만 이번에는 참지 않았다.

"당신 뭐야! 남의 책을 왜 차? 당신이 여기 사장이야?"

"그래, 사장이다!"

"사장이면 다야? 그렇게 막 해도 돼? 나도 내 인생의 사장이란 말이야, 씨발!"

대학생 때 음악 CD를 많이 모았다. 밥을 굶거나 천 원에 다섯 개 하는 튀김만 먹으면서도 쌓여가는 음반을 보면 뿌듯했다. 결혼하고는 영화 DVD를 모았다. 여기저기서 이런저런 스트레스를 받으면 받을수록 장바구니는 더 무거워졌다. 책도 마찬가지다. 그래서 지금도 CD 수백 장, DVD 수백 개, 책 수백 권이 먼지를 잔뜩 뒤집어쓴 채로 구석에 쌓여 있다. 버리지도 못하는 쓰레기를 쌓아놓고 사는 나를 보면 한심하지만, 그렇게라도 자신을 위로할 수밖에 없었던 지난날의 나를 이제는 이해할 수 있다.

우렁이가 시골로 내려온 지 어느덧 15년이 되었다. 그사이 나는 허리가 굽고 머리가 더 빠졌다. 얼굴의 점들은 점점 커지고 온몸은 쥐젖투성이다. 발톱은 진즉부터 그랬고 이제는 손톱까지 두꺼워졌다. 다행히 나이를 먹은 건 몸뿐만이 아니다. 마음도 조금은 자라서 이제는 나 스스로 날고 싶은 마음이 생겼다. '높은 어딘가'가 아닌 '깊은 나'로 말이다. 오늘도 먼 산을 바라보며 방향을 정한다. 바람 따라 흘러가는 오물 풍선이 아니라, 작은 날갯짓으로 내가 바라는 곳을 향해 날아가는 반딧불이 되고 싶다.

18
이제는 달라지기로 했습니다

누가 보면 재벌가인 줄 알겠다. 온 가족이 다 회장이다. 아빠는 학부모회 회장, 딸은 전교 회장, 아들은 학급 회장, 그리고 원래 집에서 회장이었던 부천댁은 진짜 회장 직함을 달고 나타났다. 그녀가 회장이 된 곳은 이름하여 포천책동아리네트워크(이하 책동네)! 포천에는 7개의 시립도서관이 있고, 도서관마다 책동아리가 있다. 2021년 15개 동아리 대표들이 뜻을 모아 연합회를 만들고 부천댁이 초대 회장이 되었다(이후 100개가 넘는 동아리로 확대되었다).

세상에 없던 조직을 만들고, 세상에 없던 자리를 맡게 된 그녀는 엄청 바빴다. 그녀가 하는 만큼 책동네가 자리를 잡고, 그녀가 하는 대로 회장의 역할이 정해지기 때문이다. 사람들을 만나고, 밤늦게까지 전화하고, 문서 폭탄 만들며 자기 일만큼 열심히 했다(아, 자기 일이지). 부천댁과 함께 해피, 지니, 해미, 클로버 등 책동네 임원들과 공무 수행에 영혼을 갈아 넣는 도서관 직원이 힘을 합쳐 그동안 많은 일을 해냈다.

책과 글쓰기를 좋아하는 회원들의 글을 모아 매년 문집을 만들었다. 소설가 김영하, 김중혁, 시인 박준 등 포천에서 보기 힘든 작가들을 섭외해 '동네북의 날'이라는 북 페스티벌을 진행했다. 책동네 회원들이 좋은 환경에서 모임을 할 수 있게 '공간 나눔 사업'도 시작했다. 또 포천 청년들을 인터뷰하고 생애 구술사 책을 발간해 지역의 내일을 기대하게 했다. 여러 사람이 힘을 합치니 할 수 있는 일이 많았다. '이게 포천에서 가능해?' 싶은 일들이 눈앞에 펼쳐졌다.

그사이 부천댁은 포천에서 인사(인싸)가 되었다. 시장은 학부모 간담회에서 나를 볼 때마다 묻는다. "윤 회장님 남편이시죠? 윤 회장님은 잘 지내시죠?" 아내가 포천시 독서 문화 발전을 위해 애쓰는 동안 나는 자발적으로 행사에 동원된다. 회의를 다녀온 아내가 물었다. "여보, 이날 특별한 일 있어요?" 이건 그날 와서 봉사하라는 말이다. 뭐, 특별히 나쁠 건 없다. 집에서 하나 밖에서 하나 봉사하기는 매한가지니까.

단풍이 아름답던 2022년 어느 가을날, 나남수목원에서 첫 번째 동네북의 날이 열렸다. 소설가 김영하와 북토크를 진행하기로 한 부천댁은 나와 있을 때와 달리 긴장했고, 심드렁한 나는 소의 심정으로 짐을 날랐다. 그런데 저 멀리 나와 비슷한 표정으로 더 많은 짐을 나르는 사내가 보였다. 김 상사다. '윤 회장 남편'이라는 말이 썩 반갑지 않은 나는 김 상사가 지니의 남편이란 말은 하지 않겠다.

책동네 행사가 열리면 항상 '5+2 이벤트'가 펼쳐진다. 부천댁, 해피, 지니, 해미, 클로버에 김 상사와 나까지. 아이들은 서비스요! 내가 행사장을 종횡무진 다니며 사진을 찍는 동안 김 상사는 눈에 띄지 않는 곳에서 바쁘게 일한다. 행사장에서 만나는 횟수가 늘어나면서 우리에게는 전우애가 생겼다. 행사가 끝나고 저녁이라도 같이 먹으면 그렇게 즐거울 수가 없다. 어느 날 그가 말했다. "형님, 캠핑장에 한번 초대하겠습니다."

김 상사 오마카세

나는 캠핑에 별 관심이 없었다. 산이고 나무고 지겹도록 보는데 가서 무얼 더 볼까? 아무리 좋은 텐트라 하더라도 안방 침대보다 편할까? 그런데 김 상사가 산정호수 근처 캠핑장으로 우리 가족을 초대했다. 설렜다. 가끔 우리 집에 와서 고기를 굽고 맛있는 요리를 해준 그이기 때문이다. 캠핑 마스터인 그는 계획이 다 있었다. 일단 아이들을 먹인 다음 어른들의 시간을 만끽하는 것이다.

"형님, 이거 한번 드셔보시죠. 복분자주인데 아주 좋답니다.""오, 좋아요! 소갈빗살에 먹으면 뭐가 안 좋겠어? 초대해줘서 고마워요. 짠!" 우리는 해가 저물기 전부터 짠짠짠 잔을 부딪치며 빠른 속도로 술잔을 비웠다. 김 상사는 내가 살짝 익힌 고기를 좋아하는 걸 벌써 파악하고 육즙이 팡팡 터지는 고기를 내 접시에 올려주었다. "이거 김 상사 오마카세네!" "하하, 맛있게 드십시오."

그동안 수없이 고기를 먹고 그보다 많은 술을 마셨지만, 그날 그 순간은 지금도 잊히지 않는다. 고기와 술이 맛있고 분위기가 좋아서만은 아니다. 누군가가 나를 그토록 정성껏 대접해주는 느낌이 너무 좋았다. 그동안 누가 나에게 이렇게 잘해주었나 싶다(내가 아팠을 때는 사람들이 대체로 잘해주기는 했다). 보통 일을 시키거나 자신의 관점으로 나를 바라봤지, 나의 존재 그 자체로 나를 긍정하는 사람은 많지 않았다.

나보다 술을 잘 마시는 김 상사와 대작하다 어느 순간 잠들어버렸다. 얼마나 지났을까, 부천댁이 나를 깨웠다. 잠이 든 줄도 몰랐던 나는 여기가 어딘지 파악하려고 반쯤 감긴 눈으로 주위를 두리번거렸다. 세 사람이 나를 보고 웃고 있었다. 습관적으로 말했다. "미안해요. 내가 취했어요. 혹시 무슨 실수 했나요?" 그때 지니가 말했다. "아니요, 인자해지셨어요. 순한 양 같았어요."

술 먹은 내가 순한 양이라니! 한참 가물어 콩이 가물가물한 날에 비가 온다는 예보처럼 반가운 말이었다. 드디어 내가 이 연구원에게 한 짓을 끝으로 사나운 개와는 작별한 것인가! 과실주와 맞지 않아 아까 마신 복분자주에 머리가 아팠지만 마음은 평안했다. 우리는 집에 돌아와 잤는데, 다음 날 김 상사가 음식이 남았다며 또 불렀다. 전날과 똑같이 행복했고, 전날처럼 취하지 않아 더 행복했다.

나도 김 상사에게 무언가 해주고 싶었다. 하지만 나는 그보다 잘하는 게 별로 없어 호시탐탐 기회만 노렸다. 그런데 그가 자신이 쓴 글을 한번 봐달라며 원고를 보내왔다. 부모님에 대해 쓴 글인데, 양구 출신인 그의 성장 배경이 나와 비슷해 푹 빠져들었다. 그가 정성껏 고기를 굽듯이 글이 더 맛있어지라고 최선을 다해 교정했다. 그는 "한 편의 소설을 읽는 것 같았다"며 만족했다. 나의 시간을 내어 그에게 무언가를 해줄 수 있어서 좋았다.

반짝반짝 눈빛들

부천댁이 책동네 임원을 대상으로 글쓰기 교육을 해달라고 요청했다. 내가? 아무도 모르게 절필을 선언한 지 6년이 지난 내가? 그들이야말로 독서 모임에 참여하면서 지금의 나보다 더 많은 글을 쓰고 있지 않은가? 해피, 지니, 해미, 클로버 그리고 부천댁 모두 각자의 자리에서 최선을 다해 살면서도 책과 글을 놓지 않고 있다. 배우려면 내가 배워야지. 심드렁한 내게 그녀가 말했다. "끝나고 회식할까?" 나는 자리에서 벌떡 일어났다. "콜!"

가벼운 마음으로 소흘도서관에 갔다. 글쓰기 수업은 그냥 하는 거고, 끝나고 무엇을 먹을지가 더 기대됐다. 그동안 행사장에서 많이 만난 터라 모두 익숙한 얼굴이었다. 평소에는 장난을 많이 쳤는데 수업을 시작하자 다들 사뭇 진지한 얼굴로 바뀌었다. 뭐지, 이 사람들? 설마 내 이야기에 집중하는 거야? 술 먹자고 시작한 글쓰기 수업이었는데, 어느덧 나는 나의 글쓰기에 대해 다 말해버렸다.

"글을 쓰면서 제일 어려운 부분이 뭘까요? 잘 쓰려는 마음 아닐까요? 물론 필요하죠. 하지만 잘 쓰고 싶은 마음이 크면 클수록 한 문장 쓰기도 어려워요. 그런데 잘 쓴다는 게 뭘까요? 문학상 받는 거? 많이 팔리는 거? 만약 그렇다면 세상에 작가는 몇 명 필요하지 않을 거예요. 명작과 베스트셀러는 이미 오래전부터 존재했고, 그것보다 못 쓸 거면 안 쓰는 게 낫겠죠. 그러다 보면 결국 세상에는 단 한 권의 책만 남을 테고, 책이 아니라 권력이 될 거예요.

두 번째는 나와의 싸움이에요. 더 많이 고민하면 더 잘 쓸 것

같잖아요? 하지만 꼭 그럴까요? 15년 전에 제가 아는 언어를 총동원해 정성껏 쓴 책이 있어요. 그런데 저는 아직도 그렇게 살아내고 있지 못해요. 글에 나를 담기보다 내가 글을 닮기를 원한 것인데, 그건 신앙이거나 거짓일 거예요. 지금 우리에게 필요한 건 '내가 하고 싶은 말을 정확하게 담아내는 글쓰기'라고 생각해요.

우리가 피아노 조율사라고 생각해봅시다. '미' 건반을 쳤을 때 최고의 조율은 '미' 소리가 정확히 나오게 하는 거예요. 더 풍성한 소리를 내겠다고 '레'와 '파'의 소리를 섞으면 안 돼요. 우리가 어제는 정확한 '도'를 썼고, 오늘은 정확한 '미'를 쓰고, 내일은 정확한 '솔'을 쓸 수 있다면, 우리는 자기 삶과 글에서 아름다운 '도미솔' 화음을 연주할 수 있을 거예요. 나를 포장하는 것보다 무슨 말을 하고 싶은지 정확히 아는 것이 더 중요해요. 화려하지 않아도 아름다울 수 있죠."

결국 나는 그렇게 술값을 해버렸다. 그곳에서 나를 향해 반짝반짝하는 눈빛들을 보면서 오히려 내가 많은 것을 얻었다. 아, 나라는 사람, 이런 눈빛을 받을 수도 있구나! 그들은 나를 신뢰했고, 그들의 신뢰가 내 마음 한편에 수북이 쌓였다. 김 상사의 맛있는 음식이, 수업 듣는 여인들의 따뜻한 시선이 나의 허기를 가만히 채웠다. 그날 밤 나는 구석에 앉아 그녀들의 수다를 들으면서 배가 가만히 불러오는 것을 느꼈다.

책동네에서 만난 우리는 서로의 일을 돕지는 않는다. 대신 각자의 자리에서 멋지게 살아가기를 진심으로 응원한다. 행복 친목회처럼 *끈끈하지는* 않지만 책동네의 느슨한 연대도 좋다. 좋은 일이 있거나 힘든 일이 있을 때, 그것도 아니면 그냥 보고 싶을 때 나나 김 상사, 해피가 호루라기를 분다. 그러면 모두 한데 모여 작은 잔치를 벌이고, 입으로 들어가고 입에서 나오는 게 많아질수록 마음의 배가 불러온다.

미안해

2024년 동네북의 날에 가수 하림이 왔다. 그가 솔로로 데뷔한 2001년부터 나는 그의 팬이었다. 20여 년 전에 듣던 그의 음반을 꺼냈다. 20대 시절 휴대용 CD 플레이어로 지하철에서, 길거리에서 듣던 노래들이 떠올랐다. 그중 '사랑이 다른 사랑으로 잊혀지네'라는 노래를 특히 좋아한다. 노래를 들을 때마다 떠오르는 여인이 있기 때문이다. 이 노래를 알기 얼마 전 헤어진 여자 친구다.

2020년 하노이에 김 부장을 보러 갔을 때 일이다. 하롱베이에 배 타러 가는 길이 제법 멀었다. 서로 좋아하는 노래를 신청해 들으며 갔는데, 김 부장이 자꾸 이박사의 '몽키 매직'으로 '난리 트로트'를 쳐서 분위기 전환 차원에서 이 노래를 신청했다.

"갑자기 이 노래는 왜?"

"생각나는 사람이 있어서."

"누구?"

"너도 아는 사람."

"아, 자두!"

자두는 내가 만난 사람 중에 제일 다정했다. 그래서 헤어지기가 어려웠다. 자두를 만난 건 군대에서 휴가를 나와 한 미팅 자리에서였다. 서로 첫눈에 반했고, 끝내 서로를 선택했으며, 연인이 되기까지 오랜 시간이 걸리지 않았다. 제대하고 나면 복학하면 되니까 미래를 고민할 필요 없이 오늘만 살아도 좋던 시절이었다. 그래서 그때의 하루에는 나와 자두, 딱 둘만 있었다. 우리는 같은 마음으로 제대를 기다렸다. 특별한 계획이 없어도 무언가 좋은 일이 생길 것만 같았다.

그런데 학교에서 교수와 학생 사이에 갈등이 생겼고, 그 문제를 해결하기 위해 내가 앞장섰다. 정의로워서 나간 게 아니라 어쩌다 보니 그냥 거기에 내가 서 있었다. 삭발 시위를 하고, 서명 운동을 하고, 후배들을 돌보느라 그녀를 볼 시간이 없었다. 군대에서보다 더 짧아진 머리를 보고 그녀는 울었다. 얼마의 시간이 지나고 그녀는 내게 이별을 고했다. "제대하면 더 많이 볼 줄 알았는데, 이게 뭐야…."

자두의 이별 통보에 화가 났다. 남자 친구가 옳은 일을 한다는데, 그걸 이해할 수 없는 거야? 내가 잘못했음을 깨달은 건 그녀가 더 이상 내 전화를 받지 않았을 때였다. 그 시절 나는 늘 바빴고, 술도 많이 마셨으며, 그녀의 사람으로서 성실하지 못했다. 그녀는 내가 자신과 함께 미래를 준비하길 바랐을 텐데. 생각할수록 마음이 쓰렸다. 그때 그 슬픈 마음을 위로한 노래가 바로 '사랑이 다른 사랑으로 잊혀지네'였다.

몇 년 뒤 김 부장이 친구 결혼식에 가는데 거기에 자두도 온다고 했다. 나는 정성껏 편지를 써서 그녀에게 전달해달라고 부탁했다. 한번 볼 수 있을까? 며칠 뒤 전화가 왔다. 말을 꺼내기도 전에 숨소리부터 자두였다. 오랜만에 다시 만났다. 그녀는 변한 게 없었다. 표정만 좀 차분해졌을 뿐. 나는 달라졌어야 했는데, 별로 변한 게 없었다. 기자 생활을 하다가 퇴사해 내세울 거라고는 하나도 없었다.

"크리스마스에 다시 만나자. 네게 미안한 게 많은데 지금은 말을 못 하겠어. 네게 잘하고 나서 사과할게." 버스에서 자두는 오랫동안 나를 바라봤다. 겨울이 오기를 그렇게 기다려본 적이 없었다. 하지만 그녀에게 사과할 기회를 얻지는 못했다. 그리고 20년이 지나 포천시청 앞에서 하림의 노래를 들으며 그녀를 떠올렸다. 바로 옆에 부천댁이 있는데도 마음은 눈치 없이 먼 곳을 향했다.

"자두야, 미안해. 그때 내가 잘못했어." 먼 하늘을 보며 어딘 가에서 잘 지내고 있을 그녀에게 용서를 구했다. 이 짧은 말이 그토록 어려웠던가. 허기가 심할 때는 차마 미안하다고 말할 용기가 없었다. 일을 이렇게 만든 나 자신이 너무 원망스러워 말조차 꺼내기 싫었다. 부끄러운 내 모습을 마주하는 일은 언 제나 괴롭다. 하지만 허기가 조금씩 가시면서 이제는 나를 있 는 그대로 받아들이기로 했다.

하노이 카페에서 작은 석상을 오랫동안 바라보았다. 작고 못 난 사내의 모습이 나 같았다. 열심히 산다고는 했지만 언제나 선(線) 앞에서 꼬리를 내려버린, 그래서 남들 눈치나 보면서 나 로 살지 못하고 오늘의 나에게까지 미움받는 그때의 나. 한참 을 째려보다 보니 문득 사내가 불쌍해 보였다. 내 마음 깊은 곳 에 있는 나는 나 말고 누구도 위로해줄 수 없는데…. 깊은 어둠 속에 내버려 두기에는 그 영혼이 참 가여웠다. 이제는 달라지 기로 했다. 내 허기는 내가 채워야겠다. 작고 못난 사내에게 가 만히 손을 내민다. 이제 너를 밀어내지 않을게.

19
밤나무 북스테이

부천댁에게 프러포즈한 날이 아직도 생생히 기억난다. 고백해야 하는데, 삼청동 카페에는 왜 그리 사람이 많던지. 적당한 장소를 고르지 못해 하염없이 걷기만 하는데, 그날따라 날씨는 어찌나 덥던지. 다음 약속 시간은 다가오고 어쩔 수 없이 길 한복판에서 준비한 A4 용지를 꺼내 낭독했다.

"나 안효원은…."

"뭐라고요? 사람들 소리 때문에 안 들려요."

"나 안효원은…!"

그렇게 헌법재판소에서 증인 선서 하듯 공약 열 장을 발표했다. '1년에 한 번씩 해외여행 가기' 그리고 또…. 세월이 이렇게 무섭구나. 무슨 내용이었는지 기억이 나지 않는다. 그날 당신 앞에서 하도 긴장한 탓에 까먹은 거라고 여기면 안 될까?

하필 그 종이를 잃어버렸지 뭐야!

해외여행 갈 절호의 기회는 신혼여행이었다. 하지만 새신랑은 해외에 나갈 체력이 없었다. 결혼식 날에도 아직 몸이 다 회복되지 않아 폐백 때 날씬한 부천댁을 업지도 못했다. 제주도로 신혼여행을 갔는데, 성산일출봉 계단을 하나하나 오르기도 무척 벅찼다. 결혼 다음 해에 비행기를 탈까 했는데, 부천댁이 임신해서 그럴 수가 없었다. 아기와 함께하는 새 세상 여행이 펼쳐지고 해외여행은 머릿속에서 사라졌다.

재인이가 걸음마를 뗐을 무렵 부천댁이 상기된 표정으로 말했다.

"여보, 우리 필리핀 가요."

"음, 애가 아직 어리지 않나? 표 구하기도 쉽지 않을 테고⋯."

"비행기 표는 내가 이미 예약했어요. 특가로 나온 게 있어서 얼른 샀지."

"글쎄, 생각 좀 해볼게."

"(안색이 바뀌며) 1년에 한 번씩 해외여행 가기로⋯."

"알았다, 알았어. 가자."

내키지 않았지만 거부할 명분이 없었다. 부천댁이 여행 준비를 하는 동안 둘째 임신 사실을 알았다. 아기를 데리고 비행기 타는 것도 싫은데, 임신 초기의 아내를 모시고 해외여행을 한다고? 게다가 왜 그리 필리핀에 관한 좋지 않은 뉴스만 계속 보이던지. 그날부터 전쟁이 시작됐다.

"아무래도 이번 여행은 힘들 거 같아. 뱃속 아기한테도 무리고."

"그건 내가 알아서 챙길게요."

"다음에 가면 되잖아. 애들 좀 크면…."

몇 날 며칠을 재인이가 잠들기가 무섭게 싸웠다. 부천댁은 울기도 하고 소리치기도 했다. 외향적인 성격인 아내가 낯선 시골에 내려와서 집 안에 갇혀 아기만 보는 것이 그렇게나 힘들었을 줄은 한참 뒤에야 알았다. 나로서는 애 키우는 일이 그럭저럭 견딜 만했기에 주어진 환경을 받아들이지 못하고 자기주장만 하는 부천댁을 당시에는 이해할 수 없었다. 결국 위약금 20만 원을 물고 여행을 취소했다.

북스테이 어때?

부천댁은 어떤 면에서는 치밀하다. 언젠가부터 국내 여행지 숙소를 책이 가득한 북스테이로 잡았다. 육아 스트레스에 집중력을 잃어버린 나는 책보다 스마트폰을 더 가까이했지만, 해외여행도 못 가는데 어디서 자든 무슨 상관이랴. 원주에 있는 북스테이에 다녀오는 차 안에서 그녀는 말했다.

"여보, 우리도 북스테이 할래요?"

"(습관적으로) 좋아, 하자. 언젠가….."

당시 나는 상당히 지쳐 있었다. 돈도 안 되는 일을 위해 하루를 쪼개며 살고 있었다. 미래의 일을 도모할 여력이 없었다. 그런데 부천댁은 자신이 구상한 북스테이 계획을 고속도로 위에서 질주하듯 쏟아냈다. 이 정도면 운전 방해지.

"그래, 좋아. 나중에 얘기하자, 나중에."

"여보, 도대체 그 나중이 언젠데? 지금 말할 수 있잖아. 왜 말도 못 하게 해? 내가 당장 하재?"

"하지 말자는 게 아니라 지금은 내가 그런 걸 생각하고 얘기할 상황이 아니라고. 넌 어쩌면 하고 싶은 게 그렇게도 많냐? 난 하루하루 사는 것도 힘들다고!"

"오빠는 맨날 힘들대. 누구는 사는 게 안 힘들어? 우리도 미래를 준비해야 하잖아. 언제까지 지쳐만 있을 건데?"

결혼 전에는 미처 몰랐다. 부천댁이 그렇게 열정이 넘치고, 내가 이렇게 기운이 부족한지를.

주기적인 언쟁에도 부천댁은 북스테이를 포기하지 않았다. 거기에 책방까지 하고 싶어졌단다. 양주의 '책방소풍'과 연천의 북카페 '오늘과 내일'로 심심하면 우리를 끌고 갔다. 아이들이 처음에는 지루함을 못 견뎌 꽈배기가 되었지만 이제는 적응하는 방법을 찾았다. '북스테이 공격'을 당한 나는 이따금 견디기 어려울 만큼 힘들었다. 이제는 무슨 방법이라도 찾고 싶었다. 그때 그녀가 체념한 듯 말했다. "내 작업 공간을 갖고 싶어요."

신혼 초 우리 집은 넓고 깔끔했다. 하지만 아이들이 크고, 아이들 짐이 늘면서 집이 점점 좁아졌다. 나는 내 방 하나 없는 신세가 되었고, 아내는 부엌 한편에서 글을 쓰고 수업 준비를 해야 했다. 그녀가 '북스테이 하자, 하자!' 노래를 부를 때는 내 마음이 마른 논처럼 딱딱하게 굳어 있었는데, 작업할 공간이 없다고 신세 한탄을 하니 측은한 마음이 들었다. 어쩌면 그녀는 나 때문에 시골에 내려와 자기 꽃을 피우지 못하고 살았는지도 모르겠다.

프러포즈할 때 낭독했던 오랜 약속 하나가 떠올랐다. '시골에 살면서 당신이 하고 싶은 거 한 가지 꼭 해주기.' 남들은 아파트 평수 늘리는 게 재미라는데 까짓것, 우리도 한번 해보자. 어쩌면 이게 더 싸게 먹힐지도 모른다. 혹시 알아? 새로운 작업 공간에서 열심히 글 써서 포천을 대표하는 작가 '한탄강'이 될지! 그동안 쌓은 경력도 많고 방송 욕심도 있으니 유명 독서 유튜버도 해보자고!

제가 잘 몰라서요

처음에 아내는 집 옆 밭에 여섯 평짜리 농막을 놓으면 된다고 했다. 뭐? 그렇게 소박하다고? 그럼 해야지! "좋아, 하자!" 아내의 소원 쿠폰을 빨리 없애버리려고 냉큼 받았다. 그런데 농막에서는 영업 활동을 할 수가 없어서 어쩔 수 없이 새로 건물을 지어야 했다. "여보, 이런 게 들어가고 이렇게 지으면 좋겠어요." 부천댁, 수능 수학 만점자 맞아? 그렇게 지으면 여섯 평의 여섯 배는 더 커진다고! 너 설마…?

어쩌면 그녀는 모든 걸 다 알고 시작했는지도 모르겠다. 결혼하고 10년이 지나서야 알았다. 내가 도저히 그녀를 이길 수 없다는 사실을. 은혜네 아저씨에게 했던 말이 부메랑처럼 돌아왔다. "여자가 말할 때까지 기다리면 어떡해요? 말하기 전에 남자가 알아서 잘해야죠!" 수차례의 답사와 오랜 회의 끝에 규모를 정했다. 숙소로 쓸 방 두 개, 책방으로 쓸 거실 하나, 더도 말고 딱 스무 평. 작지만 예쁘게 지으리라 다짐했다.

부천댁과 마주 앉아 그동안 우리가 모아둔 돈이 얼마인지 확인했다. 음, 이 정도면 여섯 평 농막 하나는 살 수 있겠군. 더 이상 아버지에게 손을 벌리기 싫어 대출을 알아보기로 했다. 검색해보면 세상에 대출이 이렇게나 많은데 우리가 받을 만한 것은 없었다. 아내가 딱 하나를 찾아서 수많은 서류 작업과 그보다 많은 전화 통화를 했다. "네네, 제가 잘 몰라서요."

건축 절차는 내가 맡기로 했다. 단계마다 필요한 설계사, 사업체를 선정해 땅 위에 건물을 세워야 한다. 인맥을 총동원해 일을 맡아줄 사람을 선정했고, 봄이 가면 여름이 오듯 느긋하게 기다리고 있었다. 그런데 시청의 허가를 받기 위해서는 토지 설계를 하는 과정에 건축 도면이 들어가야 한다는 사실을 나중에야 알았다. 미리 알았다면 발생하지 않았을 문제들이 일을 진행하며 하나둘 튀어나왔다.

아내는 자기 일을 충실히 했는데 나는 그러지 못해 조급한 마음에 이 말만 반복하게 되었다. "제가 잘 몰라서요." 농사도 모르고, 아내 마음도 모르고, 집 짓는 과정도 모르고, 참 모르는 것도 많다. 다행인 점은 삐걱거리는 과정에서 이제는 스스로를 탓하지 않는다는 것이다. 예전의 나라면 모질게 몰아붙였을 텐데. 혼자서 어깨를 토닥이는 모습을 보고서도 아무 말 않는 아내가 고맙다.

길가에 떨어진 빨간 고추를 보았다. 아직 때가 안 된 터라 가까이 가서 보니 썩어 있었다. 썩은 고추를 아버지가 따서 버린 것이다. 나머지 고추는 자신의 때를 기다리며 열심히 비를 맞는다. 뜨거운 태양을 온몸으로 견디다 보면 어느덧 빨갛게 물들어 있겠지. 서두르지 않기로 했다. 삶의 과정 과정마다 내가 겪어야 할 부담과 고통은 그 자리에서 그냥 맞기로 했다. 늦가을에도 고추는 빨갛게 잘 익을 테니까.

터가 낮은 집

내가 사는 마을의 이름은 삼율리다. 석 삼(三)에 밤 율(栗). 옛날부터 동네에 밤나무가 많아서 붙은 이름이다. 우리 집 주변에는 밤나무가 여덟 그루 있다. 대부분 13년 전 이 집을 지을 때 아버지가 심은 나무이고, 딱 한 그루만 그 전부터 있었다. 그 오래된 밤나무가 있는 곳이 새로 집을 지을 터다. 새집을 지으면 지붕이 나무에 닿을 것 같아서 그 나무를 베야 할지 고민하고 있었다.

그때 한 지인이 와서 말했다. "밤나무 북스테이인데 밤나무를 자르면 어떡해요!" 다른 밤나무보다 늦게 열고 밤알도 작아 대수롭지 않게 생각했다. 하지만 대수롭지 않은 것들이 대수로운 일을 해내는 것을 지난 15년 동안 농사를 지으며 수없이 목격했다. 언제 죽을지 모르는 나무인데, 집을 다 짓고 나서 자르려면 일이 커질 게 뻔하다. 하지만 그 생명의 가능성을 열어 놓고 싶어졌다. 밤나무 그늘에서 펼쳐질 이야기가 궁금해졌다.

지금 살고 있는 집을 지을 때 우리 부부는 지붕을 스패니시 기와로 하고 싶었다. 멀리서도 눈에 띄는 높고 화려한 지붕 말이다. 하지만 예산이 부족해서 못 했던 터라 이번에는 꼭 하고 싶었다. 그런데 터가 높거나 지붕이 높으면 밤나무 가지가 닿는다. 내 욕심 때문에 지붕과 나무가 자리다툼하는 모습을 보고 싶지는 않았다. 터를 낮추고 나무와 어울리게 짓기로 마음먹었다.

부천댁도 다락과 스패니시 기와지붕을 포기했다. 13년 전에는 다락을 올리느냐 마느냐를 두고 많이 다퉜다. 하지만 이번에는 그녀가 나의 입장을 충분히 받아들였다. "시골에서 도시 사람처럼 바쁘게 산다"고 스스로 말하지만, 그녀의 눈에도 이제 산과 나무가 보이나 보다. 코로나19 시기를 정점으로 우리가 싸우는 빈도는 서서히 줄어들었다. 둘은 여전히 다르지만 이해하기보다 있는 그대로 서로를 받아들이기로 했다.

부천댁이 꿈꾸는 밤나무 책방은 이렇다. 누구든 편하게 찾아와 조용히 쉴 수 있는, 그들만의 다락이자 동굴. 농촌에 살면서 무력해지는 어른들을 많이 보았다. 빠르게 달리는 차에 치이는 길 위의 동물처럼 세상의 속도를 따라가지 못하고 뒤처지는 사람이 점점 많아진다. 이는 비단 농촌의, 나이 든 사람만의 이야기는 아닐 것이다. 누구나 영혼의 안식처가 필요하다.

내가 꿈꾸는 밤나무 북스테이는 이렇다. 작지만 어디 하나 정성이 깃들지 않은 곳이 없는 집이자 정원. 크고 화려한 것이 자아내는 감탄도 좋지만, 작고 소소한 일상에서 얻는 감동이 더 좋다. 고요한 아침의 새소리, 나무 아래 살랑이는 바람, 해 질 녘 서산이 주는 차분한 위로, 짙은 어둠 속에서 더욱 반짝이

는 달과 별, 그리고 8월의 크리스마스에 만나는 반딧불의 불꽃
놀이…. 누구나 저마다의 일상은 소중하다.

2025년 4월, 논에서 로터리를 치고 돌아와 이 책의 첫 장을 썼다. 그때 내 곁에 찾아온 백로가 얼마 뒤 좋은 글감이 되어주었다. 봄과 여름에는 들에서 일하면서 아무것도 듣지 않았다. 대신 내가 걸어온 삶의 여정을 돌아보고, 내면의 소리에 귀를 기울였다. 늘 똑같던 풍경이 새롭게 보이고, 내가 사는 이곳이, 내가 만나는 사람들이 새삼스레 특별하게 느껴졌다.

어느덧 7월, 바닥이 갈라진 논에 물을 대고 돌아와 초고를 완성했다. 아이들은 수업 들으러 가고 부천댁은 수업하러 가서 집에 혼자 있는데, 가슴이 웅장해지는 희열을 느꼈다. 해냈다는 포만감에 점심도 거르고 다른 일정이 있어 포천 시내에 갔다. 한창 일하는데 아버지에게서 전화가 왔다. "집이냐?" "아니요, 잠깐 일하러 나왔어요. 무슨 일 있어요?" "아니야. 아무 일 없어. (뚝)"

아무 일 없기는…. 돌아오는 길에 보니 트럭에 비료와 비료살포기가 실려 있었다. 내일 새벽에 이삭 거름을 주러 갈 예정인가 보다. 아버지에게 전화하니 딱 한 마디가 들려왔다. "5시 출발이야." 책을 만드는 과정에서 한고비를 넘겼다는 기쁨에 소주 한 병 마시고 일찍 잠들려고 했다. 하지만 잠이 오지 않았다. 오늘 한 일에 기분이 좋아서일까, 아니면 내일 할 일이 부담스러워서일까.

어릴 때부터 소풍 전날 항상 잠을 설치던 아이는 여전히 새벽일 전날에는 잠을 못 잔다. 두 시간이나 제대로 잤을까? 아직 어두컴컴한 새벽, 장화를 신으려는데 아버지가 말했다. "넌 장화 필요 없어. 내가 다 줄 거야." 몇 해 전 이삭 거름을 주겠다고 호기롭게 덤볐다가 제대로 못 해서 논이 바다가 된 적이 있다. 높낮이가 다른 파도처럼 벼들이 일정하게 자라지 못하고 웨이브 춤을 추다가 태풍에 쓰러졌다.

아무리 논을 말렸다고 해도 물을 다시 댄 논은 미끄럽고 어떨 때는 발이 빠지기도 한다. 나보다 스물다섯 살이 많은 아버지는 50킬로그램짜리 비료 살포기를 메고 넓은 논을 묵묵히 걸었다. 온몸에 땀이 비 오듯 쏟아졌지만 발걸음을 멈추지 않았다. 일흔이 넘어서도 같이 골프를 치자고 한 친구들과의 약속을 지키는 일은 그리 어렵지 않을 것이다. 하지만 칠순 잔치를 만끽한 미래의 내가 저렇게 거침없이 광활한 논을 걸어 다닐 수 있을까?

어느덧 머리가 하얘진 농부가 일하는 모습을 보며 가벼워지고 싶다는 마음이 들었다. 가뜩이나 비료 살포기도 무거운데, 내 몸마저 무거우면 도저히 저 진흙 바닥을 다닐 수 없을 듯하다. 가벼운 몸을 위해 운동도 하고, 건강을 위해 술도 좀 줄여야겠다. 한창 일과 사람에 치여 살 때는 술이 그렇게 당겼는데, 일상을 차분하고 충만하게 살다 보니 이제는 술을 줄일 수도 있을 것만 같다(이 책을 보고 아들의 비행에 상심했을 부모님을 위로하고자 하는 말만은 아니다).

당신의 부천댁

초고를 완성한 날 부천댁이 술을 사 왔다. 그렇게 사랑스러울 수 없었다. 사실 이 책을 쓰게 만든 사람도 부천댁이다. 그 날도 여느 날과 마찬가지로 그녀는 컴퓨터 앞에 앉아 정체불명의 서류를 만들고 있었다. 늘 보는 풍경이라 신경도 쓰지 않았는데, 그녀가 갑자기 나를 불렀다.

"여보, 포천문화관광재단에서 '포천모든예술31' 사업을 하는데 해보자!"

"뭘 물어. 부천댁 하고 싶은 거 다 하세요!"

"나 말고 오빠!"

"나? 뭐?"

"15년 귀농 일기를 책으로 써보라고. 내가 서류는 다 만들어 놨어. 오빠가 자기소개서 넣어서 신청만 하면 돼."

일단은 덮어놓고 아내의 말을 듣는 게 그동안 깨달은 삶의 지혜.

"알았어. 해, 해볼게…."

속으로 생각했다. '되겠냐?'

얼마 뒤 선정 결과가 발표되었을 때 대단히 아쉽(지 않)게도 나는 예비 1번이었다. 아내는 속상해했고 나는 가만히 콧노래를 불렀다. 그런데 며칠 뒤 낯선 번호로 전화가 왔다. "안효원 님, 축하드립니다. 사업 대상으로 선정되셨습니다!" 아, 맞다. 나는 하고 싶은 거 다 할 수 있는 포천의 귀한 사람이지. 모르는 전화는 받지 말았어야 했다. 아깝게 탈락했던 만큼 나의 선정 소식에 부천댁은 더 기뻐했다. 어차피 돈도 되지 않고 농사와 육아에 전념하기 위해 절필했던 나의 글솜씨가 아까웠다나 뭐라나. 그녀는 덧붙였다. "오빠 책 내려고 출판사 만든 거야!"

중증 근무력증에 등 떠밀려 시골에 왔고, 부천댁에게 등 떠밀려 귀농 일기를 썼다. 하지만 나는 호환 마마보다 무섭다는 마감일이 오기 훨씬 전에 원고 작업을 마쳤다. 오랜만에 반가운 얼굴들을 마음속에 떠올리니 그들의 이야기를 빨리 글로 쓰고 싶었다. 고추를 심으며 지인들과의 추억을 떠올렸고, 논둑을 걸으며 그동안 멀리 떠난, 하지만 아직도 내 마음에 있는 이들과 대화를 나누었다.

아버지와 이삭 거름을 주면서 그가 어떻게 일하는지 유심히 관찰했다. 처음에는 잘 몰랐는데, 가만히 보니 이치는 단순했다. 같은 논이라고 해도 키가 작고 색이 연한 벼에 비료를 더 많이 주는 것뿐이다. 그 정도라면 나도 벼를 몇 번만 더 쓰러뜨려 보면 충분히 할 수 있을 듯하다. 논에서 돌아오는 길에 아버지에게 말했다. "내년엔 반반씩 해요!" 혼자 못해서, 혼자 다 하기 싫어서가 아니다. 그냥 더 같이 오래 있고 싶을 뿐.

망할 용기. 얼핏 들으면 욕 같은 이 말이 글을 쓰는 내내 머리를 떠나지 않았다. 손에 쥔 게 아무것도 없던 아버지는 망할 기회가 없었고, 손에 딱 한 개를 쥔 나는 망할 용기가 없었다. "망해야 잘한다"며 아이들에게 실패를 두려워하지 말라고 하는 말이 거짓이 되지 않으려면, 내가 먼저 망할 용기를 내야 한다. 이 글도 돌이켜보면 아프고, 실수하고, 상처받은 다 망한 이야기다.

망한 이야기가 모이고 모여 책이 되고 용기가 되고 희망이 되었다. 이 망할 용기를 낼 다음 사람은 이 책을 끝까지 읽은 당신이다. 무명 기자의 이야기에 끝까지 귀를 기울인 당신은 자신의 이야기를 쓸 준비가 되었다고, 나는 생각한다. 이 책의 존재 이유가 있다면 바로 그것이다. 내가 당신의 부천댁이 되어 더 깊은 세계로 당신의 등을 떠밀고 싶은 마음에 머물러보니… 부천댁, 사랑이었네!

소소한 즐거움, 풍성한 삶

책을 읽는 내내 포천 관인면 저자의 집 마당과 논두렁, 밭고랑, 숲길 그리고 중리초등학교 교실과 운동장을 함께 누빈 기분이었습니다. 언젠가 그의 집을 방문해 부천댁의 떡만둣국을 얻어먹고 집 앞 캠핑의자에 앉아 마주했던 적막과 고요함도 생생히 떠올랐습니다.

『아파서 시골에 왔습니다』는 병을 얻고 도시에서 고향으로 돌아온 한 남자가 다시 삶을 일구는 이야기입니다. 농사를 짓고 아이들을 가르치며, 가족과 함께 시골에서의 삶을 차곡차곡 쌓아가는 그 하루하루는 단순하고 소박해 보이지만, 몸과 마음을 회복하고 사람과 자연의 리듬을 배워가는 시간으로 가득합니다.

저자는 2012년 『서울총각 시골에 집짓고 장가간 이야기』라는 직설적인 제목의 책으로 고향에 돌아와 집 짓고 장가간 시골살이의 시작을 들려주었습니다. 그리고 지금, 그 못지않게 직설적인 제목의 이 책으로 사춘기 남매의 아버지이자 어엿한 농부로 살아가는 이야기를 들려주려 합니다.

저자와의 첫 만남은 그가 고향으로 돌아와 막 몸을 추슬렀을 무렵이었습니다. 당시 그의 블로그 글을 인상 깊게 읽고 시민기자 활동을 제안했습니다. 이후 중리초등학교 아이들의 '좌충우돌인국기', 지역 문화예술인 인터뷰, 서평 기사 등 다양한 글을 통해 그의 시선과 마음을 느낄 수 있었습니다. 그의 글은 단순한 정보 전달이나 고향 사랑을 넘어 삶에 깊이 맞닿아 있었습니다.

그는 책에서 자신을 논에 던져진 우렁이에 비유합니다. 뜻하지 않게 새로운 환경에 놓였지만, 땅속 깊은 곳에서 자신만의 속도로 묵묵히 나아가는 존재. 저 역시 연고 없는 동네에 책방을 열며 비슷한 마음을 느꼈기에 그 비유에 깊이 공감했습니다. 실수하고 넘어지면서도 단단해지는 그의 이야기는 "나도할 수 있다"는 용기를 주었습니다.

『아파서 시골에 왔습니다』는 제가 만난 가장 재미있는 농사일기이자 귀촌 일기입니다. 마치 남의 일기를 몰래 들여다보듯 흥미롭습니다. 시인의 눈으로 자연을 관찰하고, 농부의 손으로 계절을 일구며, 선생님의 마음으로 아이들을 바라보는 한 사람의 정직한 기록입니다. 그 느리고 소소한 일상 안에는 회복과 성찰, 단단함이 깃들어 있습니다.

이 책은 귀촌을 꿈꾸는 이들에게는 현실적인 풍경을, 도시의 삶에 지친 이들에게는 다시 일어설 수 있는 용기를, 그리고 느리게 재밌게 나답게 살아가고 싶은 이들에게는 작고 꾸준한 실천의 가능성을 보여줍니다.

곧 저자의 집 옆에 문을 열 밤나무 북스테이는 소박하고 조용한 휴식과 충전의 공간으로 조성될 것입니다. 이 책과 함께 오래도록 사랑받기를 바랍니다. 이 책을 통해 '책과 함께하는 소소한 즐거움, 풍성한 삶'을 나누며, 좋은 이웃과 단단하게 연결되는 따뜻한 동네를 꿈꿔봅니다.

- 신춘열(책방소풍 대표)

복사꽃 당신

부부 사이에 먼저 방귀를 튼 것은 나였다. 시도 때도 없이 나오는 방귀에 남편이 놀라면 내가 너스레를 떨며 말했다. "특별히 당신 앞에서만 뀌는 거예요. 다른 사람 앞에서는 안 그래요." 어느 날 새벽일 하고 어머님 댁에서 아침을 먹고 온 남편이 말했다. "과민대장증후군이라고 들어봤어? 〈아침마당〉에서 봤는데 과민대장증후군이라는 게 있대." 인터넷에서 과민대장증후군을 찾아보니 만성적인 복통과 복부 불편감, 배변 장애를 동반하는 장 질환이라고 나왔다. 쉽게 말해 장에 가스가 많이 차서 방귀를 많이 뀌고 변비와 설사를 오가는 질환이다. '급똥'과 각별한 인연을 맺고 살아가는 이들의 병명이다.

친정에 가는 길이었다. 자유로에서 빠져나와 행주대교를 건널 무렵 첫 신호가 왔다. 아랫배가 사르르 아팠을 때 '단순 복통일 거야'라며 넘겼다. 차 안에서 신호가 오면 '설마 아닐 거야'라는 마음이 간절해지는데, 이는 일종의 자기 부인 단계다. 하지만 아랫배가 찌르르 아프다가 부글부글 끓었다. 강도가 점점 세지고 주기가 빨라지면 인정하는 수밖에 없다. 급똥이다! 김포공항을 지나며 입을 열었다. "여보, 나 배 아파요." 그때부터 몸의 감각은 항문에 집중되고, 화장실에만 갈 수 있다면 어떤 고난도 감내할 수 있을 것 같다.

주유소는 지나쳤고 편의점도 보이지 않았다. 그때 M호텔이 눈앞에 나타났다. "여보, 저기로 들어가요." M호텔로 들어가는 좌회전 신호를 기다리는데 차에 함께 탄 두 아이까지 긴장해서 차 안에는 깜빡이 소리만 가득했다. 호텔 문을 열고 애써 여유로운 척하며 화장실로 종종걸음을 쳤다. 용변을 보고 로비로 나오니 두 아이가 눈빛으로 괜찮은지 물었다. 나는 아무렇지 않다는 듯 고개를 끄덕이며 한가로이 걸음을 옮겼다. 그제야 창밖에 수줍은 듯 피어 있는 벚꽃이며 산수국, 복사꽃이 보였다. 그날 이후로 두 아이는 M호텔을 '똥호텔'이라 불렀고, 남편은 나를 '복사꽃 당신'으로 칭했다. '복'통에 설'사'하는 '꽃' 같은 '당신'의 줄임말이라나.

나는 과민대장증후군처럼 뜨거움과 차가움을 오가는 사람이다. 배를 그러안고 꼬마 마녀처럼 웃다가 눈가가 시큰해져 배고픈 아기 새처럼 우짖는다. 좋아하는 사람의 말은 어떻게든 이해해서 내 것으로 만들지만, 싫어하는 사람의 말과 행동은 곧잘 왜곡한다. 나는 지금껏 열정과 냉정을 무기로 성공하기 위해 내달렸다. 가끔 힘에 부쳐 뒤뚱거리면 친구들은 "너의 열정이 부러워" "넌 쿨한 게 장점이야"라고 응원했다.

바퀴에 엔진을 달고 질주하는 나를 처음 돌아보게 한 사람은 남편이었다. 그가 나에게 천천히 가라고, 가끔은 멈추라고 말할 때면 나를 나무라는 것만 같았다. 연애 시절 그에게 물었다. "오빠는 꿈이 없어요?" 편안함에 이끌려 그의 손을 잡았는데 움직이지 않는 듯한 속도가 갑갑했다. 그는 치열하게 달리기보다 흘러가는 대로 따라가는 사람이었다. 다만 그 방향은 세상과 반대였다. 강남 아파트에 살고 싶고 아이를 명문대에 보내고 싶은 나는 그이 옆에서 자본주의의 화신으로 비쳤다. S는 뒷모습을 보는 것조차 끔찍하고, J는 겪을수록 얄밉고, Y는 그냥 싫다고 그를 붙잡고 속속들이 털어놓으면 공자 같은 미소가 돌아왔다. "그러라 그래." 분노, 두려움, 수치심을 자존감으로 극복해버린 그의 성스러운 낯빛은 저세상 것처럼 낯설었다.

뜨겁지도 차갑지도 않은

남편은 곰과 너구리가 겨울잠을 자듯 '만두잠'을 잔다. 겨울밤이면 어머님 댁에서 고기, 두부, 김치, 숙주를 넣어 만두를 이삼백 개 빚는다. 만두는 남편의 최애 음식으로 만두를 빚은 날이면 만두를 쟁반 한가득 가져온다. 만두는 아이들이 잠들

때까지 냉장고에 있다가 밤 10시쯤 찜기로 올라간다. 모두 잠든 밤에 혼자 먹는 만두는 천상의 맛인가 보다. 온종일 식구들 뒷바라지하느라 자신의 시간을 보내지 못한 그가 만두와 함께 입에 털어 넣는 소주는 얼마나 달콤할까. 이것이 바로 만두 먹고 자는 만두잠이다.

겨울이 끝나면 만두도 끝난다. 만두는 세상이 냉동고가 되는 영하의 날씨에만 만들 수 있다. 여름이면 아쉬운 대로 냉동 만두를 사 먹고 가끔은 내가 남편을 위해 수제 만두를 사 온다. 하나에 천 원꼴인 수제 만두는 어머님 만두만큼 맛있지는 않지만 만두잠을 그리워하는 남편의 마음은 채울 수 있다. 문제는 첫째가 만두를 좋아하게 되면서부터였다. 남편은 "아빠는 네가 잘 먹는 게 더 행복해"라며 딸아이에게 만두를 건넸고, 아이는 눈치 없이 만두를 모두 해치웠다. 그는 사과를 고를 때면 그중 가장 못난 것을 자기 몫으로 가져가는 사람이다.

오랜만에 만난 지인이 살이 빠졌다며 어디 아픈 거 아니냐고 물었다. 집에 와 몸무게를 쟀더니 스무 살 이후 최저치였다. 다음 날 오전 수업을 하는데 속이 메스껍고 심장 박동이 빨라졌다. 이러다 쓰러지는 건 아닌가 싶어 순간 아득해졌다. 간신히 몸을 추스르고 집에 왔는데 오후 수업을 가야 했다. 남편은 내 상태를 걱정하며 운전사로 나섰고, 다행히 도착했을 때는 증상이 모두 가라앉았다. "수업하는 동안 애들이랑 먹을 거 사놔요"라는 말을 남기고 건물로 들어갔다.

강의를 마치고 한 손에는 족발과 보쌈, 한 손에는 치킨을 들고 집에 들어가니 두 아이가 반색했다. 남매는 서로 도와가며 포장을 뜯고 젓가락을 놓았다. 기분 좋게 자리에 앉았는데 식탁에는 보쌈과 닭다리만 놓여 있었다. '내가 족발 좋아하는 걸 아직도 모르나? 내가 닭가슴살 좋아하는 걸 잊지 않았을 텐데….' 보쌈과 닭다리는 두 아이의 기호였다. 나는 그의 삶에서 아이들과 겨룰 때면 두 번째로 밀려났다. 외식 메뉴를 고르느라 두 아이와 실랑이를 벌이면 남편은 슬그머니 아이들 편을 들었다. 그는 언제나 자신의 것을 기꺼이 양보한다. 연애 시절 나는 그의 희생을 누리던 이권자였다. 그러나 그는 아이들 앞에서 나도 그처럼 겸양의 미덕을 발휘하길 바랐다. 그것이 그가 살아온 방식이었으니까. 그러나 나는 새우튀김의 몸통은 아이에게 주고 꼬리만 먹고 싶지는 않았다.

남편은 누군가에 대해 험담하지 않으며, 몸져누울 정도가 아니면 아파도 내색하지 않는다. 관계 속에서 자주 복닥거리고, 몸에 조금만 이상이 생겨도 노심초사하는 나와는 다르다. 연애 시절 말을 아끼고 판단을 미루는 그의 모습은 이정표처럼 든든했다. 하루에도 몇 번씩 들떴다가 작은 일에 신경질을 내는 나와 달리 그는 기쁨과 슬픔에 크게 동요하지 않았다. 누구와 어디에 있어도 모나지 않게 잘 섞이고 편견 없이 친절했다.

언제부터였을까, 뜨겁지도 차갑지도 않은 그의 미지근함이 답답하게 느껴진 것이.

내가 먼저 남편 앞에서 방귀를 뀌지 않았다면 그는 평생 내 앞에서 방귀를 참았을 것이다. 나는 매일 안달하며 들볶고 애달프고 창피한데, 그는 언제나 지구 밖을 거닐 듯 초연했다. 좋은 모습만 보여주는 사람과 함께 좋은 곳에서 좋은 말만 주고받으며 집에 돌아왔을 때의 공허함. 그는 늘 좋은 사람이었다. 문득 그것이 허울 좋은 껍데기처럼 느껴졌다. 그의 자잘한 속이 궁금했다. 태곳적부터 어른으로 태어나 평생 어른으로 사는 것 같은 그의 감춰둔 마음을 알고 싶었다.

농부 작가 글쓰기를 멈추다

나는 농부 작가와 결혼하며 그가 농부 철학자 피에르 라비처럼 살 줄 알았다. 그가 튀르키예 여행기 『고맙습니다』(이야기쟁이낙타, 2011)와 『서울총각 시골에 집짓고 장가간 이야기』(책만드는토우, 2012)를 출간했을 때만 해도 책을 계속 펴내리라 기대했다. 물론 그는 꾸준히 글을 썼다. 중리초등학교에서 인턴 국어교사로 지내던 시절에는 '좌충우돌인국기'를 블로그에 연재했고, 아이를 낳고 육아할 때는 '하품일기'를 썼다. 베트남으로 여행을 다녀와서 '나이 마흔 남자 셋 여행'을, 골프에 흥미가 생긴 이후로 '깜언 골프'와 '나이 마흔 남자 셋 골프'를 브런치에 올렸다.

글이 모여 책이 되지는 않았다. 그는 '좌충우돌인국기'를 투고한 뒤 정중한 거절 회신을 받고 더 이상 다른 출판사에 보내지 않았다. 그는 실패를 성공의 어머니라 여기며 딛고 일어서기보다 그냥 받아들이는 편이었다. '아무튼, 포켓몬' 기획안을 제철소 출판사에 보내고 계약이 어렵다는 메일을 받자 쓰기를 멈췄고, 『아무튼, 술』을 쓴 김혼비 작가를 만나고 '아무튼, 골프'를 내겠다고 선언했지만 골프 실력이 늘지 않는다며 그만두었다. 밤나무 출판사를 만든 것은 남편을 위해서였다. "밤나무 출판사에 투고하세요. 당신의 이야기를 책으로 만들어드릴게요."

'경기예술지원 모든예술31' 선정 소식은 만춘의 생기와 함께 찾아왔다. 그는 처음 예비 1번이 되었을 때 '노력했는데 안 되었으니 안 써도 되겠군' 안도하는 듯했고, 뒤늦은 선정 소식에 오히려 당황했으나 아내가 칼을 뽑은 이상 김치라도 썰 것임을 눈치챘다. 그는 중학교 시절까지 시골에서 살았고 다시 돌아와 15년을 농부로 살았으니 '농촌의 삶'을 한 권의 책으로 엮기에 충분했다. 다만 늦봄은 농사일을 시작하는 시기였다. 모니터 앞에 앉아 있을 겨를 없이 모를 기르고 모판을 나르고 모내기를 해야 했다. 또 마늘을 캐고, 그 자리에 다시 옥수수,

고추, 콩, 들깨를 심어야 했다. 여름 햇살이 칼끝처럼 아려오는 한여름 오후 그가 책상에 앉았다. 내가 사랑하는 뒷모습. 깊은 밤에도 키보드 소리가 들렸지만 7월 중순에 완성된 원고를 볼 줄은 몰랐다.

『아파서 시골에 왔습니다』를 읽으며 그의 곱기도 하고 곪기도 한 속살을 보았다. "학교가 끝나면 산에서 놀다가 개울에서 놀다가 오징어 게임 하다가 고무줄놀이 하다가 그래도 할 일이 없으면 봄에는 냉이와 달래를 캐고, 가을에는 밤을 주워" 오는 사내아이를 만났다. 친구들이 무리 지어 게임기가 있는 친구 집에 몰려갈 때 홀로 샛길을 통해 집에 가는 아이, 안장에 앉기도 힘든 아버지의 짐 자전거를 지키기 위해 넘어져도 자신의 무릎보다 자전거를 먼저 살피는 아이. 가난한 부모는 사계절 내내 바빴고, 시간 많은 아이는 외로웠을 것이다.

글 사이 난 길을 따라 소년이 된 그를 쫓아갔다. 눈앞에서 버스를 놓치고 히치하이킹에 실패한 날이면 두 시간 넘게 학교에서 집까지 걸어오는 소년, 반에 없는 듯 앉아 있는 소년, 늦은 밤 혼자 차가운 반지하방 문고리를 돌리고 집에 들어가는 소년, 밥 먹으면서 울고 어머니 전화 받고 울고 아버지가 아들 걱정에 눈물 흘렸다는 말에 또 우는 소년. 처음 하는 도시 생활은 각박했을 것이고, 홀로 남은 소년은 막막했을 것이다.

두 가지 진실

내가 스무 살, 그가 스물여섯 살에 우리는 대학 선후배로 처음 만났다. 분홍빛 세상이 연둣빛으로 변해가던 첫여름, 선배들이 인문학관 잔디밭에 동그랗게 모여 앉아 술을 마시고 있었다. 누군가 내 이름을 불렀고 나는 반가워하며 한쪽에 자리를 잡았다. 때마침 탕수육이 도착해 가운데 놓였지만 둘러앉은 원은 컸고 탕수육은 멀었다. 차마 손을 뻗을 용기가 나지 않아서 망설였는데 한 선배가 탕수육을 덜어 내 앞에 내밀었다. 동그란 얼굴에 커다란 눈, 이지적 느낌의 안경과 따뜻한 말투. 그것이 그의 첫인상이었다.

그해 7월 남편이 나에게 고백을 했고, 나는 "오빠가 내가 그리던 사람인지 모르겠어요"를 반복하다가 9월에 손을 잡았다. 우리가 사귄다는 사실이 학과에 알려지자 선배들은 나에게 첩보 요원처럼 다가와서 그가 신입생 킬러라는 둥, 학번마다 여자 친구가 있었다는 둥, 술 먹으면 개가 된다는 둥의 비밀을 누설했지만 그 이상은 말해주지 않았다. 나는 순진하게 눈을 깜박이며 그에게 "정말 학번마다 여자 친구가 있었어요?"라고 물었지만 그는 알알한 미소만 흘릴 뿐 답이 없었다. 우리의 연애는 큰 기복이 없었기에 별다른 이변이 없다면 결혼까지 할 것 같았다. 스물세 살에 유럽 여행을 다녀와 그에게 이별을 통보한 이유는 세상이 넓어지니 그가 작아진 것뿐이었다.

그가 자신의 아름다운 추억에 흠을 내고 싶지 않다며 좀처럼 펼쳐 보이지 않던 연애 스토리를 이 책에서 스스로 풀어냈다. 마늘, 감자, 자두 언니들 옆에서 스스럽고 어리숙했던 20대 초반의 그를 훔쳐보았다. 마늘 언니가 그와 이별한 뒤 다시 만난 자리에서 "지금 생각해보면 오빠 참 좋은 사람이에요. 가끔 생각나서 한번 보고 싶었어요"라고 했던 말은 나의 말이기도 했다. 그는 "얼굴로 승부하는 사람"은 아니었지만 두고두고 생각나는 든든한 느티나무 같은 사람이었다.

나는 그가 아팠던 시절을 모른다. 중환자실 경험은 들은 바 있지만 서른 즈음 그의 삶은 내게 희부윰했다. 음식이 잘 넘어가지 않아 혼자 고시원 지하 구내식당에서 밥을 먹는 청년, 중증 근무력증이라는 병명을 찾기까지 내과, 이비인후과, 한의원, 대학병원을 누비던 청년, 그사이 몸무게가 20킬로그램이 빠진 청년, 차가운 수술방에서 가슴을 연 청년. 내가 그의 병상 생활을 곁에서 지켜봤더라면 눈물에 떠밀려 홀로 강바닥까지 떠내려갔을지도 모르겠다. 완치되지 않은 그와 손잡고 결혼식장에 들어갈 수는 있었어도 바로 옆에서 그 시간을 견딜 수 있었을까.

병원 문을 나오면서 '살리는 손이 되리라!' 결심했던 남자, 호랑이를 사달라는 학생을 위해 어깨와 옆구리, 발목에 사나운 맹수의 발톱 자국을 그리고 표정 연기를 하는 그를 사랑했다. 자신을 공동체의 자랑이라 여기며 할머니, 아주머니, 학생, 어린아이까지 보듬는 그를 닮고 싶었다.

이 책을 읽으며 내가 몰랐던 그의 빈칸을 메웠다. 그와 함께한 세월을 모두 알고 있다고 여겼지만 실은 모르는 것이 더 많았다. 나와 타인을 이해하기 위해 배운 에니어그램과 MBTI로 그를 멋대로 판단하며 오해하기도 했다. 그는 모두에게 좋은 사람이 되기 위해서 자기 자신으로 살기를 포기했다. 이기기보다 피하기를 선택했기에 이도 저도 아닌 채로 미온할 때가 많았다. 나는 이 책을 읽으며 시종일관 킥킥대며 웃었고 서너 번 눈물을 흘렸다. 밝고 다정했지만 실은 어둡고 꿉꿉하기도 했던 그의 지난날에 아름다운 것은 아름다웠다고, 괴로운 것은 괴로웠다고, 두 가지 모두 진실이었다고 이름 붙여주었다.

우리 사귈래요?

서울에 나가는 길이었다. 민락 톨게이트에서 나와 동부간선도로를 탔는데 그가 배가 아프다고 했다. 복통은 언제나 나의 몫이었는데, 돌아보니 그의 얼굴이 백지장처럼 하얬다.

"언제부터였어요?"

"출발하고 10분 뒤부터."

"그럼 한 시간은 참은 거예요?"

"말 시키지 마. 모든 구멍을 막아야 해."

그의 목소리는 절박했고 엉덩이가 운전석에서 3센티미터는 떠 있었다. 공중부양을 하고 바라본 세상은 얼마나 노랬을까. 나는 남편 똥구멍의 안녕을 빌며 기도했다. '우리 남편, 제발, 길 위에서만은….'

휴게소는 물론이고 아무 건물도 보이지 않았다. 남편은 괜찮다고 했지만 얼마쯤 지나 바지 단추를 풀었고 조금 더 가서는 안전벨트마저 풀었다. 상계교 쪽으로 나와서 5분만 가면 목적지였지만 도로는 꽉 막혀 있었다. 그가 낮은 목소리로 말했다. "차에서 싸고 싶지 않아. 그것도 너와 아이들 보는 앞에서…." 우회전을 하기 위해 기다리는데 그가 갑자기 차 문을 열었다. "네가 운전 좀 해. 나는 알아서 갈게." 뒤에 아이들이 있었기에 나는 의연하게 조수석에서 자동차 기어를 넘어 운전석에 앉았다. 그가 내리자마자 도로의 차들이 움직이기 시작했고 나는 중랑천변길을 돌아볼 겨를도 없이 운전에 집중했다. 그 길에서 슬프고 다급한 뒷모습을 한 짐승이 풀이 길게 자란 언덕을 기어오르는 모습을 본 듯도 하고….

목적지에 도착해서 그에게 전화했다.

"괜찮아요?"

"응, 괜찮아."

"화장실 잘 간 거예요?"

"…"

남편님의 침묵으로 짐작할 때 그는 길 어딘가에서 주저앉은 모양이다. 고개를 숙이면 아무도 못 보는 줄 아는 목이 긴 사슴처럼…. 한참 후에 그가 돌아왔다. 몸에 힘이 다 빠져서는 하늘을 보며 중얼거렸다. "비가 어서 와야 해. 비가…." 그날 이후로 두 아이는 동부간선도로를 '똥부간선도로'라 부른다. 그날 중랑천변길에도 복사꽃이 피어 있었다지.

남편의 글을 읽으며 그의 속마음을 들여다보았다. 똥부간선도로 사건 이후로 우리는 뱃속까지 통하는 사이가 되었다. 얼마 전 그에게 물었다. "우리 사귈래요?" 깨졌다가 사귀었다가를 반복하며 우리는 연애 중이다. 싸움을 잘 받아주지 않아 답답하지만, 잘 싸우고 화해하며 오래오래 행복하게 살고 싶다.

– 윤혜린(『엄마의 책장』 저자, 부천댁)

㈜도서출판 밤나무는 경기도 최북단 작은 농촌마을에 있습니다.
보통 사람들의 삶 속에서 소중한 이야기를 길어 올립니다.
자연과 사람, 사람과 사람을 잇고자 합니다.